李白詩選

李白 著

馬里千 選注

胡國賢 導讀

責任編輯　張軒誦
書籍設計　任媛媛

書　　名　李白詩選
著　　者　李　白
選　　注　馬里千
導　　讀　胡國賢
出　　版　三聯書店（香港）有限公司
香港北角英皇道 499 號北角工業大廈 20 樓
Joint Publishing (H.K.) Co., Ltd.
20/F., North Point Industrial Building,
499 King's Road, North Point, Hong Kong
香港發行　香港聯合書刊物流有限公司
香港新界荃灣德士古道 220-248 號 16 樓
印　　刷　陽光（彩美）印刷有限公司
香港柴灣祥利街 7 號 11 樓 B15 室
版　　次　1998 年 6 月香港第一版第一次印刷
2020 年 4 月香港第二版第一次印刷
2023 年 11 月香港第二版第二次印刷
規　　格　特 32 開（105 mm × 165 mm）368 面
國際書號　ISBN 978-962-04-4565-1

Published in Hong Kong, China.

再版説明

“三聯文庫” 自一九九八年出版，遴選中外文學代表作，包羅古今文類。文庫前後收錄小說、詩詞、散文、戲劇、翻譯作品等八十二種，為讀者提供豐盛的文學滋養，有利於讀者輕鬆閱讀、欣賞經典。

文庫初版時值本店成立五十週年，如今本店已逾從心之年，故將重版本文庫以作紀念。為滿足大眾讀者需求，是次再版仍維持優惠的定價，設計則凸顯書本手感與閱讀內文的舒適度，更特邀資深中文科老師、作家撰寫導讀，引導讀者品賞名作。

為保全作品原貌，編輯不對原書內文作明顯改動，只修訂部分文字、標點、注釋資料等錯處，以示尊重。雖經細緻校正，惟編輯水平所限，錯漏難免，懇請讀者指正。

三聯書店（香港）有限公司

出版部

二〇二〇年一月

目錄

導讀

胡國賢

相信大家兒時都有聽過"牀前明月光"這句詩，甚至對李白這首家喻戶曉的《靜夜思》背誦如流。無可否認，李白是中國極具代表性的詩人之一；他那"才逸氣高"（孟棨語）的詩篇，自唐至今，逾千年仍為人津津樂道，其中更不乏千古不朽名作，如《蜀道難》、《將進酒》、《月下獨酌》、《早發白帝城》等。三聯書店今次重刊由馬里千選注的《李白詩選》（下稱《詩選》），雖只選錄 220 首詩，不及現存《李太白全集》（清王琦注本）約 900 多首詩的四分一，卻已"大致包括了各階段不同體裁的主要作品"。（本書《前言》）讀者當可從中探知"詩仙"的心境、抱負，以至詩藝、才情。此外，本書對每首詩若干詞句，均附有或詳或略的注釋，更不時補充背景、詩旨、通解等資料，方便讀者。當然，讀者若意猶未盡，亦可參考其他選注本，深入理解。

綜觀全書所選詩作，最顯而易見的，是李白那種纏雜於求用、求仕，與求隱、求仙的心情。誠如《前言》所述："他的思想主流是道家兼縱橫家，也摻雜了儒家的影響。" 事實上，道家的求隱、求仙，與儒家、縱橫家的求用、求仕，不時矛盾而統一地反映於不同篇章之中——得意時，他可以忘形地高呼："仰天大笑出門去，我輩豈是蓬蒿人"（《南陵別兒童入京》）；失意時，他卻會故作瀟灑地低喚："若待功成拂衣去，武陵桃花笑殺人"（《當塗趙炎少府粉圖山水歌》）。獲永王起用時，他曾自比東晉謝安，"為君談笑靜胡沙"（《永王東巡歌十一首》其二），足見其自信、自負，何等入世；遊廬山時，他則以春秋時代的楚狂自況，"願接盧敖遊太清"（《廬山謠寄盧侍御虛舟》），竟變得自在、自閑，何等出世！謝安以外，他也稱頌呂尚、范蠡、張良、蘇武等賢臣，卻又諷嘲 "白髮死章句"（《嘲魯儒》）的腐儒；楚狂以外，他亦景仰莊周、黃石、嚴陵、陶潛等名士，卻又坦言 "豈將沮溺羣"（《贈何七判官昌浩》），而否定隱者。

其實，李白畢生孜孜渴求的，就是憑一己才智，貢獻家國，從而建功立業。可惜，現實無情，宮廷、官場、戰亂，以至波譎雲詭的世局，奢言“天生我材必有用”（《將進酒》）的書生，根本難以理解，也無從適應；而不忿不甘的歸隱生活，與乎惟恍惟惚的神仙境界，也只能在酒中夢裡索求。只是，及時行樂也好，舉杯消愁也好，當“富貴與神仙，蹉跎成兩失”（《長歌行》）後，我們的“詩仙”到頭來竟也鬱鬱而終；猶幸，他以一生的顛簸寫下的佳作，總算能讓他把遺憾轉成無憾、不遇化為不朽！

當然，李白的際遇、複雜的思緒，以及游離於儒道之間的矛盾，原是無數傳統中國文人的寫照；但，他作品中所流露的詩藝、才情，卻足以獨步古今。他那澎湃的感情、豐富的想像、誇張的表達，與乎清新的語言，無不充滿魅力，既感人，亦動人！毋怪乎杜甫也稱許他“筆落驚風雨，詩成泣鬼神”（《寄李十二白二十韻》）呢！

現就《詩選》中的作品，分析李白詩歌上述四方面的特色：

一、澎湃的感情

由於李白掙扎於求用求隱與求仕求仙的矛盾中，感情自是不時跳躍起伏，忽喜忽悲，變化極大。如《宣州謝朓樓餞別校書叔雲》中，先有“欲上青天攬明月”的壯語，後有“舉杯消愁愁更愁”的無奈，形成強烈對比。又如《行路難》，第一首於“拔劍四顧心茫然”後，仍有“長風破浪會有時”的期待；但到了第三首，卻只剩“且樂生前一杯酒，何須身後千載名”的佯為曠達。此外，《梁甫吟》中，初以“高陽酒徒起草中”，展示終獲朝廷重用的信心；繼以“世人見我輕鴻毛”，流露遭世人白眼的自卑；最後又以“風雲感會起屠釣”，為目前的坎坷聊作自解。本來，這種突變的思緒，讀者一般不易捉摸，遑論接受、欣賞；可是，李白卻以他澎湃而真摯的感情，下筆渾然天成，反而倍添感染力。

二、豐富的想像

李白的“天地”原與一般人所見無異，同

樣是日月星辰、山川草木；但，在他的詩句中，卻充滿超乎現實的想像，而又予人無比真實的印象。最具代表性的例子，自是膾炙人口的《蜀道難》。有人甚至說：李白從沒走過這條比"上青天"還要"難"的"蜀道"，只憑"想像"，加上神話、傳說，便刻劃出有如親臨目睹的壯觀場面。其實，走過與否並不重要；重要的是，李白已把"蜀道"塑造成"永垂後世"(《詩選》)的文學藝術瑰寶。又如《夢遊天姥吟留別》一詩，以"縱橫馳騁的幻想，神奇瑰麗的描繪"(《詩選》)，把夢境中的"仙山"呈現讀者眼前，疑幻疑真。此外，想像的運用也見諸其他詩中，更往往能產生"移情"亦"怡情"的效果。如："舉杯邀明月，對影成三人"(《月下獨酌四首》其一)、"相看兩不厭，只有敬亭山"(《獨坐敬亭山》)、"春風知別苦，不遣柳條青"(《勞勞亭》)等；擬人化的想像，既親且新呢！

三、誇張的表達

豐富的想像與誇張的表達可說是雙生兒，

亦可說是錢幣的兩面。李白詩中的想像，如果沒有誇張手法來渲染，無疑大為失色。《蜀道難》中，無論是空間、時間、景物、情感，都不乏誇張的表達。如：以“連峯去天不盈尺”寫蜀山之高、“爾來四萬八千歲”寫時間之久、“黃鶴之飛尚不得過”寫蜀道之難、“使人聽此凋朱顏”寫行人之懼等。此外，其他詩作也不乏誇張的運用，如：以“白髮三千丈”（《秋浦歌十七首》其十五）形容愁思的悠長、“疑是銀河落九天”（《望廬山瀑布二首》其二）形容瀑布的壯麗、“山從人面起”（《送友人入蜀》）形容山路的險阻、“輕舟已過萬重山”（《早發白帝城》）形容舟行的快迅，以及“直上數千尺”（《南軒松》）形容孤松的高挺等，都予人“意料之外、情理之中”的誇張感。

四、清新的語言

李白儘管多奇思異想，但所用語言大都清新自然；就是《蜀道難》、《夢遊天姥吟留別》這類較不易理解的長詩，除因採用神話、傳說及典故，需要借助注釋外，大都淺近平易。如《蜀道難》首句："噫吁嚱，危乎高哉！蜀道之難，難於上青天！"前句的感嘆詞、助詞均為當時口語，而後句更是衝口而出的由衷之言。其實，李白曾一再強調："綺麗不足珍"（《古風五十九首》其一），反對建安至六朝綺靡浮華的文風。他的作品便是明證，如本文開首提及的《靜夜思》，能夠成為家喻戶曉的名詩，不正由於那自然而淺易的語言嗎？他如："一杯一杯復一杯"（《山中與幽人對酌》）的不避重複、"天下傷心處，勞勞送客亭"（《勞勞亭》）的坦率直接，以及"不知何處是他鄉"（《客中作》）的明白如話等句子，在本書中比比皆是。

總括而言，李白的詩正好用他"別有天地非人間"（《山中問答》）這句詩來形容。儘管每人頂着同一片"天"、踏着同一塊"地"、處身同一"人間"，但，李白憑藉他天賦的才華，以澎湃的感情、豐富的想像、誇張的表達、清新的語言，為中國詩歌另闢"天地"，更為"人間"留下"光燄萬丈長"（韓愈《調張籍》）、無數足以傳世更傲世的詩篇！

前言

唐代科舉最重進士。進士應試的主要科目是詩賦。這樣就給詩歌繁榮創造了條件。自從玄宗翦除太平公主一黨，坐穩江山，到天寶十四載（755）安祿山叛亂，次年玄宗讓位於肅宗，四十餘年間詩人輩出，孟浩然、王維、高適、岑參、儲光羲、崔顥、常建、王昌齡、王之渙、王翰、張謂……各以其獨特的筆調，運用不同的題材，鬥妍爭奇，競放異彩；而李白和杜甫，一位是屈原以後又一偉大的浪漫主義詩人，一位是中國文學史上最偉大的現實主義詩人，像兩座巍峨插天的峯巒，並峙詩壇，睥睨當世，使唐代詩歌發展到空前的高度，形成所謂"盛唐時期"。

然而詩歌的"盛唐時期"，卻是唐王朝由盛而衰的轉折時期。唐王朝在開元年間（713—741）達到極盛的頂點，無奈玄宗在勵精圖治，取得成就之後，便耽於逸樂，昏瞶糊塗起來。他重用奸邪，沉湎女色，迷信道教神仙之術，又接二連三發動不義之戰，妄圖邊功，勞師病民，動搖了國家經濟基礎，終於釀成安祿山之亂。繼之出現長期藩鎮割據的局面，唐朝國勢和威信從此一落千丈。複雜、動蕩、矛盾激化的社會，詩人生活境遇的升沉變幻，使詩歌題材更加多樣化，內容更加推陳出新，豐富多采。這就是出現盛唐詩歌的歷史背景。

李白（701—762）作為盛唐詩人的最主要代表之一，一生中最菁華的歲月是在唐玄宗統治下度過的。從傳世的第一首詩《訪戴天山道士不遇》（720以前）到最後一首《臨路（終）歌》（762），他的創作活動延續了四十多年，內容上反映了唐王朝由盛而衰的封建社會發展的必然過程。

李白生平和他的詩歌，大致可分為以下六個階段：

一、出蜀以前（701—725）李白出身豪商，自幼生長在今四川江油縣附近，舊彰明縣青蓮鄉。出峽前遊過成都和峨眉。這階段留下的詩篇，可考定的不足十首，下面所選《訪戴天山道士不遇》表明他思想上很早已有道家的烙印，

《古風五十九首》其二《蟾蜍薄太清》，反映他青年時期就很關心政治。

二、循江東遊到離開安陸（725—735）李白二十五歲出蜀，目的是訪道、求友和遊覽山水。他在《上安州裴長史書》中說："以為士生則桑弧蓬矢，射乎四方，故知大丈夫必有四方之志，乃仗劍去國，辭親遠遊"，是很有抱負的。他離長江三峽東下，經荊門、江夏、到潯陽登廬山；訪金陵，遊揚州，浪跡吳、會之間；再回舟西上，由江夏泝漢水，過襄樊，走臨汝，其間曾與孟浩然相遇；又從臨汝到安陸（727），娶故相許圉師孫女，開始"酒隱安陸，蹉跎十年"的生活。開元二十三年（735）秋，曾應友人元演之邀，同遊太原晉祠。次年春天返安陸，不久，就移家東魯。下面所選《江夏行》，抒寫他對平民如商人婦的同情，《黃鶴樓送孟浩然之廣陵》記載了和孟浩然的友誼；《淮南卧病書懷寄蜀中趙徵君蕤》可據以找出他的縱横家思想根源；《巴女詞》、《襄陽曲》和《横江詞》透露了李白詩歌與民歌的血緣關係。

三、移家東魯到離南陵入長安（736—742）

李白從安陸移居山東，在任城安家。又隱居徂徠山，與孔巢父等五人時時酣飲，號稱竹谿六逸。其間曾回漢、襄一次，並且北遊東都、南陽，返東魯不久，又南下吳越，遇到道士吳筠。天寶元年（742）在南陵奉召入長安。下面所選《五月東魯行答汶上翁》，可見他有信心從正道入仕；《嘲魯儒》提出了讀書要經世致用，反對死守章句的主張；《南陵別兒童入京》更活現了奉召入京時的高興若狂，不亞於杜甫得到“劍外忽傳收薊北”的喜訊，也反映了他對功名富貴的熱衷。

四、在長安（742—744）李白隨同道士吳筠到長安，又因玉真公主、賀知章等人的推薦，經唐玄宗親自召見，任為翰林供奉，以“布衣侍丹墀”，而沒有正式的官職。他以經世王佐之才自命，玄宗卻以文學侍從看待，常常被召喚去做一些所謂“應制”之作。對這樣的遭際，看來他並不滿意，再加縱酒狂放，目中無人，就難免開罪於一些小人，如張垍、高力士之流，終於蒙讒出京。春風得意，不啻曇花一現。但長安是國家的政治中心，他在這裏開擴了眼界，增長了見聞，對當時日趨腐朽沒落的朝政有了感性認識，他搜羅了大量的詩歌素材，豐富和充實了作品的內容。下面所選《古風五十九首》其八《咸陽二三月》、《古風五十九首》其二十四《大車揚飛塵》、《寓言三首》其一《遙裔雙綵鳳》等都是明目張膽地譏刺時政；《天馬歌》是以馬自喻，悲嘆未遇知人的明主；《蜀道難》、《前有樽酒行》、《烏棲曲》、《烏夜啼》、《灞陵行送別》等都是這一階段的名作，反映了李白詩歌的技巧已經攀登到頂峯。而《望終南山寄紫閣隱者》表明長安的十丈紅塵，沒能使他放棄對神仙的嚮往。

五、離開長安到長流夜郎（745—757）李白離開長安以後，漫遊南北，他從梁宋、齊魯而幽燕，又多次來往會稽、金陵、宣城之間。值得大書特書的是在此初期，他和杜甫結下了不朽的友誼，兩人又一起和高適、李邕等詩人和大書法家登山臨水，詩酒往還。安祿山亂起，他正在宣城，此後輾轉溧陽、剡中，天寶十五載（756）避居廬山屏風疊，碰上永王璘過潯陽，相邀參加幕府。次年，至德二載（757）永王違抗肅宗的詔命東巡，兵敗丹陽，他受到牽累，下潯陽獄，定罪長流夜郎；以五十七歲的垂暮之年，拋別妻子，獨冒洞庭三峽的險惡風濤，登上生死莫卜的漫長道路。這一階段，李白的生活經驗最豐富，傳世詩歌也最多。下面所選《古風五十九首》中的《秦王掃六合》、《代馬不思越》、《胡關饒風沙》、《西上蓮花山》、《羽檄如流星》和《八荒馳驚飆》等六首，《戰城南》、《胡無人》、《幽州胡馬客歌》、《扶風豪士歌》、《遠別離》、《將進酒》、《獨漉篇》、《樹中草》、《山鷓鴣詞》、《東海有勇婦》、《梁甫吟》、《梁園吟》、《經下邳圯橋懷張子房》、《秋登宣城謝朓北樓》、《宣城見杜鵑花》、《夢遊天姥吟留別》、《古朗月行》、《採蓮曲》、《秋浦歌十七首》、《越女詞》、《清溪行》、《望木瓜山》、《獨坐敬亭山》、《重憶》、《山中問答》、《勞勞亭》、《當塗趙炎少府粉圖山水歌》、《聽蜀僧濬彈琴》、《魯郡東石門送杜二甫》、《沙丘城下寄杜甫》、《聞王昌齡左遷龍標遙有此寄》、《金鄉送韋八之西京》、《寄東魯二稚子》、《答王十二寒夜獨酌有懷》、《贈溧陽宋少府陟》、《贈從弟冽》、《贈錢徵君少陽》、《宣州謝朓樓餞別校書叔雲》、《贈汪倫》、《永王東巡歌十一首》、《南流夜郎寄內》等，總數在六十首以上。其中大部分反映了他對國事的關心，朝政的不滿，兩次進取功名失敗的懊惱，以及對家人、好友、山水、神仙的眷戀。

六、巫山遇赦到病逝當塗（758—762）李白長流夜郎，行至巫山，遇赦東還，在江夏、巴陵、衡陽、零陵一帶稍事盤桓，就回到潯陽。以後又重遊金陵，來往宣城、歷陽等地。臨卒前一年，李光弼東鎮臨淮，抗拒史朝義，他聞訊請纓，還想為國效力，不幸中途因病折回，於寶應元年（762）在當塗令李陽冰任所逝世，享年六十二歲。這一階段李白漸入淒涼老病的晚境，然而他的詩情酒興，還是不減當年。下面所選這一階段的作品有《贈易秀才》、《江夏贈韋南陵冰》、《江夏別宋之悌》、《巴陵贈賈舍人》、《陪族叔刑部侍郎曄及中書賈舍人至遊洞庭五首》、《廬山謠寄盧侍御虛舟》，《早春寄王漢陽》、《對雪醉後贈王歷陽》、《醉後贈從甥高鎮》、《哭宣城善釀紀叟》等，大都是報贈應酬之作，但反映了他的暮年生活和心情。

縱觀李白一生和傳世之作，可知他的思想主流是道家兼縱橫家，也摻雜了儒家的影響。他景慕傳說、呂尚、范蠡、魯連、張良、謝安等所謂“安邦定國”的大人物，也企羨專諸、侯嬴、荊軻等刺客、遊俠者流。他頗有一濟蒼生的宏願而未能牛刀小試，固然是客觀的社會條件限制了他，也是他自己主觀的性格感情限制了他。他熱愛祖國人民，痛恨邪惡奸偽是不容懷疑的；他當然也有庸俗的一面，則不必曲為之諱。至於他在詩歌上的偉大成就，千餘年來早有定評，書末附錄——《關於李白》一文裏另有叙述，這裏就不再重複了。

本選集共選諸體詩二百二十首，大致包括了各階段不同體裁的主要作品；其中有些年代不明（如《古詩五十九首》中的一部分），有些據考是偽作（如《猛虎行》），有些真偽未定（如《三五七言》）；對後兩種情況，都在注釋中說明。

李白詩集的版本很多。清王琦注《李太白文集》三十六卷，解放後已出標點鉛印本，改名《李太白全集》，仍為三十六卷，是最詳備的注本。此番選注，就以此為據。入選各詩以原在第二至八卷和第二十一至二十八卷為多，第九至二十卷是贈、寄、留別、送、酬答、遊宴等應酬之作，所選比重就較小。

解放前後已經出版了不少種李白詩的選注本。此番選注，除作一般注釋外，必要時還憑主觀略加通解；本來"詩無達詁"，僅供參考。對一些名物試做了簡單的"今釋"；詩多比興，李白詩也是如此，"多識鳥獸草木之名"，或有助於對原作的理解。

附錄《關於李白》是一篇舊作，談了"李白出生地與生卒年"和"李杜優劣"兩個問題。後一問題，最近議論頗多，主要是給杜甫恢復名譽，很少觸及李白。前一問題似乎還少有人談起，略抒己見，聊以響應"百家爭鳴"的號召。

文學於我只是一種業餘的享受。不是萬尊嶷同志等的鼓勵和指教，我不會貿然做這件事，謹在這裏表示我言輕意重的感謝。也正因為李白詩選注本已有不少種，使我能夠擇善而從，趁此對這些先行者表示衷心的敬意。我第一次接觸李白詩還在啓蒙以前，先父像教兒歌般讓我跟着唱"牀前明月光"。既稍識之無，自己找詩讀，第一本是《萬有文庫》本、傅東華的《李白詩選》。所以李白詩和我有一點特別親切的感情。

回顧八十多年悠悠歲月，今天又出於偶然的機遇來選注李白詩，自己也覺得頗有意思，這就是我為什麼貿然做這件事的另一原因。限於見聞學識，錯誤紕漏，自知不免，誠懇希望讀者不吝批評指正。

馬里千　一九七九年十月於北京

古風五十九首（錄二十四首）

古風五十九首是李白不同時期的作品，思想內容複雜廣泛。這些詩篇反映了詩人的人生觀、歷史觀和文藝觀。詩人直率地抒發了他的理想和對現實的愛憎。他借古諷今，鞭撻時政；痛恨奸佞，歌頌義俠；明知長生乏術，卻又企慕神仙；深感世途艱險，卻又不能忘情富貴尊榮。他的感情錯綜，往往自相矛盾，正體現了他不是超越塵世的"謫仙"，而是有血有肉的詩人。前人評太白《古風》與陳子昂的《感遇》不相上下，並且與阮籍的《詠懷》互為源流，但不夠含蓄蘊藉，而有"易盡"之憾，是頗有道理的。

其一

《大雅》久不作，吾衰竟誰陳[1]。《王風》委蔓草[2]，戰國多荊榛[3]。龍虎相啖食[4]，兵戈逮狂秦[5]。正聲何微茫，哀怨起騷人[6]。揚馬激頹波，開流蕩無垠。廢興雖萬變，憲章亦已淪[7]。自從建安來，綺麗不足珍[8]。聖代復元古，垂衣貴清真。羣才屬休明，乘運共躍鱗[9]。文質相炳煥，眾星羅秋旻[10]。我志在刪述，垂輝映千春。希聖如有立，絕筆於獲麟[11]。

注釋

1 **“《大雅》”二句：**《大雅》是反映西周早期政治的詩篇，和《國風》、《小雅》、《頌》合起來構成中國古代詩歌總集——《詩經》。“雅”有“正”的含義，所以“大雅”也可解釋為以《詩經》為代表的古典詩歌傳統，即詩中所謂“正聲”。陳，陳獻。傳說古代太師搜集詩歌，獻給君主，藉以了解民間情況。這裏李白用孔丘的口吻，慨嘆自己年老，力已不勝，更無他人陳獻《大雅》這樣的詩歌。孔丘說：“甚矣吾衰也！”見《論語．述而》。

2 **《王風》：**《詩經》所收十五國《國風》之一，有說是周王室東遷後，東都（今河南洛陽市）一帶的民歌。又《詩大序》：“關雎麟趾之化，王者之風。”因此“王風”和“大雅”一樣，也可解釋為以《詩經》為代表的古典詩歌傳統。**委：**廢棄。**蔓草：**蔓生的草；引蔓滋生，不易刈除，用來形容荒蕪的景象。

3 **“戰國”句：**春秋之後，周王室日趨沒落，諸侯強盛，秦、楚、齊、燕、韓、趙、魏七雄，相互攻伐，形成分裂局面，稱為戰國時代。荊榛，叢生的樹木，和蔓草一樣用來形容田園荒蕪。

4　**龍虎**：譬喻戰國七雄。班固《答賓戲》："於是七雄虓闞（音敲蹈，猛悍貌），分裂諸夏，龍戰虎爭。" **相啖**（音淡）：相互併吞。

5　**"兵戈" 句**：詩意是直至秦始皇滅六國，統一天下，戰爭才停息下來。狂秦，同 "暴秦"，古人多用 "狂" 或 "暴" 來形容秦政。

6　**"正聲" 二句**：微茫，原指模糊不清，轉而有淡薄衰微的意思。騷人，自屈原創作《離騷》，"騷人" 遂成詩人的同義詞。詩意是以《詩經》為代表的 "正聲" 衰歇了，繼之而起的是以《離騷》、《九歌》等為代表作，以楚國屈原為首的一派詩人。

7　**"揚馬" 四句**：揚，揚雄；馬，司馬相如；都是漢代著名詞賦家。無垠（音銀），漫無邊際。憲章，法度。以上四句大意是揚、馬崛起，力挽頹勢，雖有深遠影響，但幾經盛衰變遷，詩歌的法度終於廢弛。

8　**"建安" 二句**：建安，東漢末年漢獻帝年號（196—220）。自從建安以後，詩體屢變，六朝競尚浮麗，品格愈下。

9　**"聖代" 四句**：聖代，指唐代。元古，遠古。垂衣，《周易·繫辭》："垂衣裳而天下治。" 這裏借周代的垂衣而治來稱美唐代的政治。清真，自然而不加修飾，和上面的 "綺麗"，成為鮮明的對比。詩意是許多有才藝的人遇到唐代這樣清明的政局，爭相陳獻優秀的作品，彷彿如魚之得水，游行騰跳，非常活躍。

10　**"文質" 二句**：文，詞藻。質，內容。詞藻和內容相得益彰，猶如燦爛的羣星羅布於澄澈的秋空。旻（音民），天空。

11　**"我志" 四句**：聖，指孔丘。李白在詩的最後兩句申述自己有志於繼承孔丘刪詩的傳統，編定一代詩歌，使之流傳千載，並且決心盡有生之年，像孔丘“絕筆於獲麟”那樣，從事這項不朽事業。相傳孔丘修訂《春秋》，到魯哀公十四年（公元前481），聽到哀公西狩獲麟的消息，認為瑞獸在亂世出現而被獵獲，象徵自己生不逢時，因此哀嘆說：“吾道窮矣！”就此擱筆不再著述。

這首詩是《古風五十九首》的第一首。李白繼承陳子昂詩歌革新的主張，對周初到唐代的詩歌發展史，作了扼要中肯的總結，充分肯定了唐代詩歌的成就，指出了必須恢復和發揚《詩經》傳統的正確方向，也表達了自己的抱負和理想。

其二

蟾蜍薄太清，蝕此瑤臺月[1]。圓光虧中天，金魄遂淪沒[2]。螮蝀入紫微，大明夷朝暉[3]。浮雲隔兩曜[4]，萬象昏陰霏。蕭蕭長門宮[5]，昔是今已非。桂蠹花不實[6]，天霜下嚴威[7]。沉嘆終永夕[8]，感我涕沾衣。

注釋

1　**"蟾蜍"二句：**蟾蜍，《淮南子・精神訓》："月中有蟾蜍。"高誘注："蟾蜍，蝦蟇也。"傳説月亮裏有個蝦蟇，不斷囓食月亮。薄，侵廹。太清，太空；道書説四人天外有三清境，玉清、上清、太清；太清最高，仙人所登。瑤臺，玉砌的樓臺，神仙所居。瑤臺月，可以解釋為神仙所居住的地方，這裏隱喻皇宮。

2　**"圓光"二句：**魄，月體的黑暗部分。陰曆每月初一日（朔日）的月亮，稱為"死魄"，十五日（望日）的月亮，稱為"生魄"。金魄，是説圓滿的生魄，光明燦爛得像金子一般。虧，缺損。

3　**"螮蝀"二句：**螮蝀，虹的異名。古人不了解虹的成因，以為是天地間的淫邪之氣。紫微，又稱紫宮或中垣，古星座名，位於北斗東北，有星十五，東西列。東八星自南起為左樞、上宰、少宰、上弼、少弼、上衞、少衞、少丞；西七星自南起為右樞、少尉、上輔、少輔、上衞、少衞、上丞；以北極為中樞，成屏藩之狀。按照現代天文學，東八星自左樞至上衞六星和西七星自右樞至上輔三星都在天龍座；東少衞在仙王座，少丞在仙后座；西少輔在大熊座，上衞至上丞三星在鹿豹座。古代迷信天上星宿，下應人事，既以北極五星中最明的一星為帝星（小熊座 β），又以紫微為帝座（見《晉書・天文志》），螮蝀入紫微，即淫邪之氣侵入帝座，是國有災禍的朕兆。夷，消滅。大明，太陽。大明夷朝暉，猶言朝日無光。

4　**兩曜：**日月。

5　**蕭蕭**：冷清寂寞。**長門宮**：漢武帝寵幸衞子夫，廢陳皇后，令退居長門宮。

6　**"桂蠹"句**：漢成帝時歌謠："桂蠹花不實，黃雀巢其巔。"這裏說陳皇后無子。

7　**"天霜"句**：詩意是皇帝發威，猶如天降嚴霜。

8　**永夕**：長夜。

這首詩用漢武帝廢陳皇后的故事，影射唐玄宗寵幸武妃，廢斥王皇后，並以蟾蜍蝕月起首來發抒憂慮和感嘆。《舊唐書·玄宗紀》："開元十二年（724）秋七月壬申，月食既。己卯，廢皇后王氏為庶人。"

其三

秦王掃六合[1]，虎視何雄哉[2]！揮劍決浮雲，諸侯盡西來[3]。明斷自天啓，大略駕羣才[4]。收兵鑄金人，函谷正東開[5]。銘功會稽嶺，騁望琅邪臺[6]。刑徒七十萬，起土驪山隈[7]。尚採不死藥，茫然使心哀。連弩射海魚，長鯨正崔嵬。額鼻象五岳，揚波噴雲雷。鬐鬣蔽青天，何由覩蓬萊。徐市載秦女，樓船幾時回[8]。但見三泉下，金棺葬寒灰[9]。

注釋

1 **秦王**：秦始皇嬴政。**掃**：掃蕩。**六合**：上下四方。

2 **虎視**：《周易・頤卦》："虎視眈眈"；班固《西都賦》："周以龍興，秦以虎視。"《禮記・檀弓》："苛政猛於虎。" 古人以秦政狂暴，故以虎為喻。

3 **"揮劍" 二句**：《莊子・説劍》："天子之劍，上決浮雲，下絕地紀。此劍一用，匡諸侯，天下服矣。" 決，去除。《史記索隱》："六國皆滅也，十七年（前230）得韓王安，十九年（前228）得趙王遷，二十二年（前225）魏王假降，二十三年（前224）虜荊王負芻，二十五年（前222）得燕王喜，二十六年（前221）得齊王建。" 詩意是秦滅六國，如同揮劍掃去浮雲，諸侯都西向臣服。

4 **明斷**：英明果斷。**啓**：啓發，《左傳・僖公二十三年》："天之所啓，人弗及也。" **大略**：掌握政事的大要。**駕**：統馭。以上六句説秦始皇雄才大略，完成了統一中國的大業。

5 **金人**：秦始皇二十六年（前221），盡收天下兵器，在咸陽熔鑄為十二個人像。**函谷**：函谷關，在今河南靈寶縣西，東控崤山，西接潼關，形勢險要，秦未統一前，防守嚴密，到消滅六國之後，就向東開放了。

6 **會稽嶺**：會稽山，在今浙江紹興縣南。**琅邪臺**：在今山東諸城縣海濱的琅邪山上。《史記・秦始皇本紀》："二十八年（前219）……南登琅邪，大樂之，留三月，乃徙黔首三萬戶琅邪臺下。復十二歲，作琅邪臺，立石刻，頌秦德，明得意。……三十七年（前210）……上會稽，祭大禹，望於南海，而立石刻頌秦德。" **騁望**：縱目遠望。

7 **"刑徒" 二句**：秦始皇三十五年（前212）徵發囚徒七十餘

萬人築阿房宮，一説作驪山陵墓。《史記 · 秦始皇本紀》：“隱宮徒刑者七十餘萬人，乃分作阿房宮，或作麗山。”麗山，今作驪山，在陝西臨潼縣東南。

8 **“尚採”十句**：秦始皇二十八年（前 219）派徐市（音福，也寫作“福”）領童男女數千人入海求仙人神藥。三十一年（前 216）又使韓終、侯公、石生求仙人不死藥。幾年後徐市無所得，誑騙秦始皇説：蓬萊仙島上本來長滿不死之藥，由於大鮫魚作怪，不能靠近，請派善射的將士同行，用連弩射退大鮫魚（見《史記 · 秦始皇本紀》）。茫然，若有所失貌。“長鯨”以下五句形容海魚極為巨大，聳起的鼻子高似五岳，鬐鬣把天都擋住，噴氣成雲，出聲如雷，掀起洶湧的波濤，哪裏看得到蓬萊仙島？載着徐市和童男女的大船，哪一天才能回來呢？按：徐福於今日本和歌山縣東部地方登陸，遂不復返。黃遵憲《日本國志》：“相傳孝靈（天皇）時徐福率童男女三千人來居熊野浦。”又云：“今紀伊國有徐福祠，熊野山有徐福墓。”五岳，東岳泰山、西岳華山、南岳衡山、北岳恒山、中岳嵩山，合稱五岳。鬐鬣，魚的背鰭為鬐，胸鰭為鬣。崔嵬，高貌。

9 **三泉**：地下三重泉水，形容秦始皇所營陵墓，挖入地下甚深。**金棺**：鑄銅為棺槨。**寒灰**：成灰的屍骨。

這首詩開端盛誇秦始皇統一天下的偉大功績，但用“虎視”這個典故，已隱含貶義。“銘功”至“樓船幾時回”，詩人對秦始皇的自誇功德，自營陵墓，求不死之藥，勞民傷財，深致不滿。最後一結，畫龍點睛，極盡譏訕，充分使用了“欲抑先揚”的章法。按唐玄宗在開元末期，好神仙長生之術。《通鑒·唐紀》：“開元二十二年（734）⋯⋯方士張果自言有神仙術，誑人云堯時為侍中，於今數千歲，多往來恒山中，則天以來，屢徵不至。相州刺史韋濟薦之，上遣中書舍人徐嶠齎書迎之。（二月）庚寅，至東都，肩輿入宮，恩禮甚厚。⋯⋯張果固請歸恒山，制以為銀青光祿大夫，號通玄先生，厚賜而遣之。後卒，好異者奏以為尸解；上由是頗信神仙。”李白在這裏借古諷今，有所為而作。

其六

代馬不思越[1]，越禽不戀燕[2]。情性有所習，土風固其然[3]。昔別雁門關[4]，今戍龍庭前[5]。驚沙亂海日[6]，飛雪迷胡天。蟣虱生虎鶡[7]，心魂逐旌旃[8]。苦戰功不賞，忠誠難可宣。誰憐李飛將[9]，白首沒三邊[10]。

注釋

1　代：古國名。戰國時趙滅代，設置代郡，治所於秦漢時在代縣（今河北省蔚縣西南），轄境於西漢時相當於今河北省懷安、蔚縣以西，山西省陽高、渾源以東的內外長城之間地和長城外的南洋河流域。東漢時移治高柳（今陽高縣西南）。西晉末廢。北鄰匈奴、烏桓等族的牧區，是北方要塞，有五原、常山等關隘，自古以產馬著稱。**越**：古國名，傳說夏少康封其庶子於此。越王句踐滅吳以前，其轄境相當於今浙江省杭州市以南，東至於海，都城在會稽（今浙江省紹興縣）。

2　**燕**：古國名。周武王封其弟召公奭於燕，在今北京市大興縣。戰國時國境擴大，相當於今河北、遼寧、北京兩省一市和朝鮮北部。

3　**土風**：鄉土風俗。以上四句是說鳥獸還愛戀故土，長期離家遠戍，非人情所能忍受。

4　**雁門關**：故址在今山西代縣雁門山上，是內長城的著名關隘之一。

5　**龍庭**：一作龍城，是漢時匈奴大會祭天的地方。見《漢書·匈奴傳》和班固《燕然山銘》的章懷太子注。

6　**海**：瀚海，一作翰海，含義隨時代而變。唐時為蒙古高原大沙漠以北及其迤西今準噶爾盆地一帶廣大地區的泛稱。

7　**虎鶡**：漢制武將鶡冠，虎文單衣。"鶡"，《山海經·中山經》："煇諸之山，其鳥多鶡。"郭注："似雉而大，青色，有毛角，勇健，鬥死乃止。"詩意是將士們久戍邊疆，衣帽都生了蟣虱。

8　**旌**：旗的通稱。**旃**：旗的曲柄。詩意是心旌動搖不安。

9　**李飛將**：西漢名將李廣，文景二帝時屢破匈奴，後任右北平太守，幾年內匈奴不敢進擾，稱之為飛將軍。武帝時，年已六十餘，隨大將軍衛青攻匈奴，因失道受責，自殺。飛將，飛將軍的簡稱。右北平，郡名，戰國時燕置，西漢時治所在平剛（今遼寧省凌源縣），轄境相當於今河北省承德市、薊縣以東，遼寧省大凌河上游以南，六股河以西地區。

10 **三邊**：幽、并、涼三州，見《小學紺珠》。各為漢武帝所置十三刺史部之一。幽州轄境相當於今河北北部、北京市及遼寧等地。并州轄境相當於今山西大部和河北、內蒙古的一部。涼州轄境相當於今甘肅、寧夏和青海湟水流域、內蒙古納林、穆林兩河流域。

這首詩對久戍邊疆的將士寄以無限同情。最後四句特別為李廣這樣勞苦功高的大將，因賞罰不明，臨老受屈而死，表示深切的憤慨和不平。按：唐玄宗好大喜功，不恤兵民痛苦，不從實際出發，屢次發動侵略戰爭。天寶間既因奸相李林甫進讒，致持重治邊的原朔方、河東、河西、隴右四鎮節度使王忠嗣含冤而死，安祿山遂乘機坐大；後來又因抵抗安祿山不勝，錯殺大將封常清和高仙芝，而使潼關不守。這些大將的命運都和李廣相同，甚至更壞，李白正是有感而發。

其八

咸陽二三月[1]，宮柳黃金枝。綠幘誰家子，賣珠輕薄兒[2]。日暮醉酒歸，白馬驕且馳。意氣人所仰，冶遊方及時[3]。子雲不曉事，晚獻《長楊》辭。賦達身已老，草《玄》鬢成絲。投閣良可嘆，但為此輩嗤[4]。

注釋

1 咸陽：代指長安。

2 “綠幘”二句：漢董偃隨母賣珠，出入武帝姑母館陶公主家，後竟同居。武帝赴公主家宴，董偃頭裹綠幘（漢時賤服）拜見，受到封賞，後又得寵用。見《漢書．東方朔傳》。

3 冶遊：和不正當的女伴廝混。《子夜四時歌》：“冶游步春露，艷覓同心郎。”

4 “子雲”六句：漢揚雄，字子雲，成都人。為人簡易佚蕩，口吃不能劇談，而博學深思，以文章著名於世。不曉事，楊修《答臨淄侯箋》：“修家子雲，老不曉事。”揚雄曾獻《長陽賦》於漢成帝，歌頌漢朝的聲威；仿《易經》作《太玄經》，表示不滿時政；王莽時，又作《劇秦美新》，歌頌王莽。投閣，揚雄於新莽時因學生劉棻犯罪，受到株連，從他校書的天祿閣跳下，未死，後被赦。此輩，董偃之輩。嗤，恥笑。

這首詩是《古風五十九首》的第八首。唐仲言云：“此刺戚里專橫，而以子雲自況。所謂綠幘，必有所指。”按：“綠幘”，似指楊國忠：國忠行事與董偃相類而惡過之。國忠原名釗，楊妃從祖兄，張易之之甥。“不學無行，為宗黨所不齒。從軍於蜀，得新都尉；考滿，家貧不能自歸。新政富民鮮于仲通常資給之。楊玄琰（楊妃父）卒於蜀，釗往來其家，遂與其中女（後因楊妃封虢國夫人）通。”劍南節度使章仇兼瓊欲遣人至長安與楊家相結，仲通薦釗於兼瓊。天寶四載（745），釗將行，“兼瓊使親信大齎蜀貨精美者遺之，可直萬緡。釗大喜過望，晝夜兼行，至長安，歷抵諸妹，以蜀貨遺之，曰：‘此章仇公所贈也。’時中女新寡，釗遂館於其室，中分蜀貨以與之。於是諸楊日夜譽兼瓊；且言釗善樗蒲（賭博），引之見上，得隨供奉官出入禁中，改金吾兵曹參軍”。天寶九載（750），官至兵部侍郎兼御史中丞，請更名，玄宗賜名國忠。十一載（752），李林甫死，國忠為右相兼文部尚書。“居朝廷，攘袂扼腕，公卿以下，頤指氣使，莫不震慴。……與虢國夫人居第相鄰，晝夜往來，無復期度，或並轡走馬，不施障幕，道路為之掩目。……謂客曰：‘吾本寒家，一旦緣椒房至此，未知稅駕之所，然今終不能致令名，不若且極樂耳。’”（以上摘引《通鑒·唐紀》）詩意對楊氏兄妹一門淫穢亂政雖深為不滿，但李白在奉詔供奉翰林期間亦曾應制獻詞，所以用揚雄老不曉事，投閣受嗤作結，既是自況，也是自我表白。

其十

齊有倜儻生[1]，魯連特高妙[2]。明月出海底，一朝開光耀[3]。卻秦振英聲，後世仰末照[4]。意輕千金贈，顧向平原笑。吾亦澹蕩人[5]，拂衣可同調[6]。

注釋

1 **倜（音惕）儻**：不受拘束。

2 **魯連**：魯仲連的簡稱，戰國時齊人，富於智謀而無意做官。一次旅行到趙國，碰上秦兵正圍攻趙都——邯鄲。魏王派將軍辛垣衍通知趙王，一同尊秦為帝。魯仲連聞訊獨自進見趙公子平原君勝，堅決反對帝秦，還説服了辛垣衍。秦將得知這個消息以後，立即退兵百里。同時魏公子無忌也派朱亥椎殺魏將晉鄙，奪取兵權，親自救趙，秦兵才自動撤離邯鄲。事定之後，平原君要給魯仲連封官，仲連不受。贈以千金，也不受，並辭別平原君，終身不再露面。

3 **"明月" 二句**：用出自海底的明月來形容魯仲連的風采。

4 **末照**：晚照，落日的餘輝。

5 **澹蕩**：放蕩淡泊。

6 **拂衣**：拂衣而去，意思是棄官不就。**同調**：志趣相同。謝靈運《七里瀨》："誰謂古今殊，異代可同調。"

李白在這首詩中表達他對魯仲連為人排難解紛，功成不受賞的高風亮節，備極景仰，引為同調。詩意是借魯仲連來表達自己的志趣和抱負。

其十一

黃河走東溟[1]，白日落西海。逝川與流光[2]，飄忽不相待。春容捨我去[3]，秋髮已衰改。人生非寒松，年貌豈長在。吾當乘雲螭[4]，吸景駐光彩[5]。

注釋

1 **東溟**：東海。東方朔《十洲記》：“水黑色謂之冥海，無風洪波百丈。”冥，即暝。

2 **逝川**：流水。**流光**：光陰。

3 **春容**：青春年少的容顏。

4 **雲螭**（音雌）：龍的別稱。

5 **“吸景”句**：景，同影，意為吸日月之影，而使光彩永在。

李白在這首詩中幻想乘龍上天，與日月同壽，光輝永不熄滅，是有感於年華如水，一去不返的一種自我解嘲。

其十四

胡關饒風沙[1]，蕭索竟終古[2]。木落秋草黃，登高望戎虜。荒城空大漠，邊邑無遺堵。白骨橫千霜，嵯峨蔽榛莽[3]。借問誰陵虐，天驕毒威武[4]。赫怒我聖皇，勞師事鼙鼓[5]。陽和變殺氣，發卒騷中土[6]。三十六萬人，哀哀淚如雨。且悲就行役，安得營農圃[7]。不見征戍兒，豈知關山苦。李牧今不在[8]，邊人飼豺虎[9]。

注釋

1 **胡關**：靠近胡人遊牧地區的關隘，如雁門關、玉門關、陽關等。

2 **蕭索**：荒涼寂寞。**終古**：自古至今不改。

3 **"荒城"四句**：大漠，廣闊無垠的沙漠。堵，牆垣。千霜，千年。嵯峨，高貌。千餘年來白骨山積，上面覆蓋着叢生的駱駝刺、芨芨草、梭梭草、胡桐、檉柳之類的野草灌木，極言邊地的荒涼寂寞。

4 **天驕**：匈奴王自稱"天之驕子"，見《漢書．匈奴傳》。**毒**：荼毒，轉而有濫用之意。

5 **"赫怒"二句**：赫，怒意。聖皇，指唐玄宗。鼙鼓，亦作"鼓鼙"。鼙，小鼓。鼓和鼙是古代軍中所用樂器。《禮．樂記》："鼓鼙之聲讙，讙以立動，動以進眾。君子聽鼓鼙之

聲，則思將帥之臣。” 所以詩文中用鼓鼙來表示軍事。這兩句詩意是：惹怒了唐玄宗，因而勞師興兵

6　**陽和**：溫和，太平景象。**騷**：擾亂。**中土**：中國。

7　**行役**：服兵役。**營農圃**：從事農耕。

8　**李牧**：戰國時趙之良將，在代、雁門一帶守備匈奴，大破單于，斬殺十餘萬騎，以後十幾年，匈奴不敢犯邊。

9　**豺虎**：指兇暴的敵人。

這首詩述唐玄宗貪求邊功，自開元二年（714）起與吐蕃爭奪西域，連年爭戰不休。天寶十載（751）派高仙芝攻打傾向吐蕃的石國（今烏兹別克首府塔什干），大食來救，與仙芝軍遇於怛邏斯（今哈薩克奧里阿塔附近），仙芝軍大敗，從此唐朝勢力不能越過葱嶺。詩意對唐玄宗的窮兵黷武，使國勢日衰，民生凋敝，士卒久戍不歸，傷亡慘重，又無李牧這樣的良將能夠禦敵安邊，表示內心的憤慨和憂慮。

其十六

寶劍雙蛟龍[1]，雪花照芙蓉[2]。精光射天地，雷騰不可衝[3]。一去別金匣，飛沉失相從。風胡沒已久，所以潛其鋒[4]。吳水深萬丈，楚山邈千重。雌雄終不隔，神物會當逢[5]。

注釋

1 **"寶劍"句**：晉司空張華夜見紫氣射入牛斗兩宿，向善於占星卜卦的雷煥請教。煥説這是寶劍的精氣，衝向天空。張華就派雷煥為豐城令，去尋找寶劍。雷煥到任，下令拆毀監獄，挖地深三十餘尺，發現青石做的一個匣子，裏面裝着一對光彩不甚刺眼的寶劍。煥以一把送給張華，一把自己留下。張華得劍，指為干將，並問為何不把莫邪一起送來。又説：這兩把劍是天生神物，終將聚到一起。後來張華被殺，干將和匣不知流落何方。煥死，子爽帶莫邪過延平津，莫邪無故落入水中，令人下水尋找，只見兩條蛟龍各長數丈，正盤作一團，瞬間放出寶光，和天光水色交相輝映。見《晉書．張華傳》。

2 **芙蓉**：蓮花。詩以"雪花"、"芙蓉"形容劍光的清澈。

3 **"雷騰"句**：雷電也不能掩蓋寶劍的光芒。

4 **"風胡"二句**：風胡，即風胡子，春秋楚國的一位識劍專家。楚王曾讓他去見吳王，請吳王派干將和歐冶子去鑄劍，見《越絕書》。潛，藏。以上兩句詩意與"世有伯樂，然後有千里馬"同：因為沒有伯樂，千里馬無人發現；因為沒有風胡子，寶劍收斂了鋒鋩。

5 **"吳水"四句**：儘管山高水深，吳楚相隔萬里，莫邪干將這對雌雄寶劍，是通靈神物，終將重新會合。邈，遠貌。

這首詩是詩人借寶劍因風胡子不在人間而光芒不得顯露，以寄託自己知己不存的感慨。

其十八

天津三月時[1]，千門桃與李。朝為斷腸花，暮逐東流水。前水復後水，古今相續流。新人非舊人，年年橋上遊[2]。雞鳴海色動，謁帝羅公侯[3]。月落西上陽[4]，餘輝半城樓。衣冠照雲日，朝下散皇州[5]。鞍馬如飛龍，黃金絡馬頭。行人皆辟易，志氣橫嵩丘[6]。入門上高堂，列鼎錯珍羞[7]。香風引趙舞，清管隨齊謳[8]。七十紫鴛鴦，雙雙戲庭幽[9]。行樂爭晝夜，自言度千秋。功成身不退，自古多愆尤[10]。黃犬空嘆息[11]，綠珠成釁讎[12]。何如鴟夷子，散髮棹扁舟[13]。

注釋

1 **天津**：橋名。《元和郡縣志》："天津橋在河南縣（今河南洛陽市）北四里。" 隋煬帝大業元年（605），初在洛水上造浮橋，唐貞觀十四年（640）改為石橋墩。

2 **年年橋上遊**：以上八句，用花開花落，前水後水，舊人新人這些永無休止的自然代謝現象，引出詩人對政事無常的看法。

3 **海色**：曉色。雄雞三唱，太陽還在地平線下面，東方一片魚肚白色，朦朦朧朧像海上的霧氣。**羅**：羅列。

4　**西上陽**：唐東都（洛陽）上陽宮之西，穀水對岸，有西上陽宮。（見《舊唐書》）

5　**"朝下"句**：皇州，京都。言百官下朝後分散到京城各處。

6　**辟易**：驚退。**嵩丘**：山名，離嵩山七十里。

7　**列鼎**：王勃《滕王閣序》："鐘鳴鼎食之家"，列鼎而食，以喻豪門貴族。**錯**：雜陳。**珍羞**：山珍海味。

8　**管**：管狀樂器，如笙、簫、竽、笛之類。**謳**：歌唱。清管香風，齊謳趙舞，極言豪門的淫侈熱鬧。

9　**七十紫鴛鴦**：古樂府《雞鳴》："七十二鴛鴦，羅列自成行。""七十"猶"七十二"，形容成對鴛鴦之多。鴛鴦，小型鴨類。雌雄異色。雄羽華美絢爛，背面褐色，腹面白色，枕冠合銅赤、紫、綠及白色長羽構成，翼上有一對栗黃色扇狀直立羽。雌頭部灰白，背面褐色，腹面純白。性嗜水浴，浴時伸頸並用兩翼拍水，美羽和閃耀的水花交映成趣。雙飛齊鳴，其聲閣閣，戲水時，音較柔和。古時富貴之家的園池，好蓄養鴛鴦。**庭幽**：幽靜的庭院。

10　**愆尤**：罪過。

11　**黃犬**：李斯為趙高所讒害，腰斬咸陽市，出獄赴刑場時，回頭看見他第二個兒子，不禁哀嘆説：再和你一起牽着黃犬，出上蔡東門去獵野兔，還可能嗎？父子相抱而哭，遂夷三族。李斯，上蔡人（今河南上蔡縣）。見《史記·李斯列傳》。

12　**綠珠**：晉石崇有歌伎名綠珠，美艷又善於吹笛。孫秀派人去索取，遭到拒絕，孫惱羞成怒，讒勸趙王倫殺崇，綠珠也墜樓自殺。見《晉書·石崇傳》。

13　**鴟夷子**：越王句踐滅吳後，范蠡變姓名，駕小船，浮家於江湖之上。到齊國，自稱鴟夷子皮。見《史記・越世家》。

散髮：不戴帽，意思是不受約束。

這首詩寫封建專制社會一人、一家以至一國人民的生死榮辱和飽暖飢寒，都取決於君主的明暗喜怒。“今日座上客，明朝階下囚”，即使是功高威重的大將功臣，也朝不保夕，不知哪時哪刻、哪一句話會冒犯“天威”，而死無葬身之地。以李斯之貴為丞相，石崇之富甲天下，都不免身死族滅，陳屍通衢。富貴無常，人生飄忽，古來多少詩人，用這個題材，發出無可奈何的嘆息。李白對魯仲連、范蠡等明哲之士的功成身退表示讚嘆，是看到了封建制度的黑暗專制，而又不能忘情世事的矛盾心理的表現。

其十九

西上蓮花山[1]，迢迢見明星。素手把芙蓉[2]，虛步躡太清[3]。霓裳曳廣帶[4]，飄拂昇天行。邀我登雲臺[5]，高揖衛叔卿[6]。恍恍與之去，駕鴻凌紫冥[7]。俯視洛陽川，茫茫走胡兵。流血塗野草，豺狼盡冠纓[8]。

注釋

1 **蓮花山**：華山的別稱，在今陝西華陰縣境，是五岳中的西岳。傳説山頂有池，生千葉蓮花，長年服食可以成仙，因名。

2 **芙蓉**：蓮花。

3 **太清**：高空。參見《古風五十九首》其二注 1（頁 005）。

4 **霓裳**：彩裙；下衣為裳。

5 **雲臺**：峯名，在華山東北。

6 **衞叔卿**：一作魏叔卿，傳説中居住於華山的仙人，見《神仙傳》。

7 **紫冥**：紫色的天空。**駕**：凌駕。

8 **"豺狼" 句**：意與"沐猴而冠"相近，指安祿山破東都後的新貴們。冠纓，帽帶。

這首詩像是追敘一個噩夢。起首詩人伴同一位星星幻化的女子，彩衣飄帶，手執蓮花，騰空飛行，想登上華山雲臺峯，去尋覓仙人衞叔卿。恍恍惚惚地似乎騎着天鵝，凌駕於紫色的雲霧之上。不料向地面一望，只見茫茫的洛水兩岸，滿佈安祿山的胡兵，荒草叢生，塗滿鮮血，那些投順的新貴們，居然峨冠博帶，煞有介事。按詩意應作於唐東都於天寶十四載（755）為安祿山所破之後，假託夢中所見，來抒寫內心的不安和憤懣。

其二十四

大車揚飛塵，亭午暗阡陌[1]。中貴多黃金[2]，連雲開甲宅[3]。路逢鬥雞者[4]，冠蓋何輝赫[5]。鼻息干虹蜺，行人皆怵惕[6]。世無洗耳翁[7]，誰知堯與跖[8]。

注釋

1 **"大車"二句**：亭午，太陽到中天，正是十二時辰的午時。亭，到。阡陌，田間的道路，南北為阡，東西為陌。大車經過田間，揚起塵土，即使太陽正在中天，也難看清道路。

2 **中貴**：貴幸的閹臣，又稱中人。

3 **甲宅**：同甲第。《魏書．閹官列傳》："太后嘉其忠誠，為造甲宅。"又《新唐書．宦者傳》："開元、天寶中，甲舍、名園、上腴之田，為中人所佔者半京畿矣。"

4 **鬥雞者**：《新唐書．王鉷傳》："鉷子準，為衛尉少卿，以鬥雞供奉禁中。李林甫子岫，亦親近，準驕甚，淩岫出其上。"

5 **輝赫**：同煊赫，誇耀淩人貌。

6 **干**：冒犯。**干虹蜺**：呼口氣要衝斷天上的虹蜺，極度誇張鬥雞者如王鉷之流的勢盛氣粗。**怵惕**：恐懼。

7 **洗耳翁**：指許由。堯要讓位給許由，許由把這個消息告訴友人巢父。巢父責怪許由為什麼要顯露自己，當胸一拳打翻許由，說他不配做朋友。許由很不自在，走到清冷的水邊洗了洗耳朵，說：我把貪得的話聽進去，確是有負於朋友。於是終身隱居，不與外人接觸。見《高士傳》。

8　**跖**（音隻）：傳說黃帝時的大盜。又因柳下惠之弟為天下大盜，當世仿古稱之為盜跖。見《莊子．盜跖》。古時以堯為好皇帝的典型，跖為壞人的代表。以上兩句是說：世上沒有許由，就再沒有人能分辨好與壞、堯與跖了。

這首詩寫唐開元、天寶年間，玄宗寵幸太監，或使供奉內廷，或任以節度監軍。朝山進香、採辦御用玩樂之物，都任太監為專使，賞賜動輒巨萬。長安的甲第、良田、美產，太監所佔達十分之六，見《新唐書．宦者傳》。玄宗未當皇帝時，就酷好鬥雞，即位後，在兩宮之間興造雞坊，蓄養善鬥的雄雞數以千計，大臣子如王準就以鬥雞供奉內廷，得邀殊寵，意氣不可一世，連公主、駙馬、地方官都得奉承他。由於上有所好，下必有甚焉，諸王、外戚、公侯、駙馬公主之家常因買雞而傾家蕩產。京城男女，成天玩雞，弄不起活雞，就做假雞。玄宗偶然出遊，見到長安宣陽里的七歲小兒賈昌在路邊弄木雞，立刻召入宮中，封為雞坊小兒，衣食待遇，比照右龍武軍，後又封為五百小兒長，每天賞以金帛。開元十三年（725），賈昌籠雞三百，隨玄宗東封泰山。父死，縣官為之治喪歸葬。次年三月，穿着鬥雞服到溫泉朝見，舉國稱為雞神童。有首民謠云："生兒不用識文字，鬥雞走馬勝讀書。賈家小兒年十三，富貴榮華代不如。能令金距（在雞距上縛鐵刺，使能踢傷對方）期勝負，白羅繡衫隨軟轝（皇帝所乘車）。父死長安千里外，差夫治道挽長車。"（見陳鴻《東城父老傳》）詩意對唐玄宗進行露骨的譏刺，尤其是最後兩句，直指為盜跖，真是“大不敬”。幸好當時文字獄還似乎不甚時興，李白並未因此受迫害。

其二十六

碧荷生幽泉，朝日艷且鮮。秋花冒綠水[1]，密葉羅青煙。秀色空絕世，馨香誰為傳。坐看飛霜滿，凋此紅芳年。結根未得所[2]，願託華池邊[3]。

注釋

1　冒：覆蓋。曹植《公讌》：“朱華冒綠池。

2　結根：生根。

3　華池：芳華之池，長着花卉的池塘。

其二十七

燕趙有秀色，綺樓青雲端[1]。眉目艷皎月，一笑傾城歡[2]。常恐碧草晚，坐泣秋風寒。纖手怨玉琴[3]，清晨起長嘆。焉得偶君子，共乘雙飛鸞[4]。

注釋

1　**綺樓**：繡樓，美人所居。

2　**傾城**：陸厥《中山孺子妾歌》："一笑傾城，一顧傾市。"極言女子秀美動人。

3　**纖**：細巧。**玉琴**：樂器名。《禮·樂記》："舜作五絃之琴。"《廣雅》："琴，長三尺六寸六分，廣六寸。"按：琴以金玉圓點，飾為徽識，故稱"玉琴"。

4　**鸞**：傳說中的鳥名，似鳳，五彩而多青色。《初學記》引《毛詩草蟲經》："雄曰鳳，雌曰鸞，其雛為鸑鷟。"

李白在以上二詩中以碧荷零落，美人遲暮自況，透露了懷才不過，亟亟求用於當世的心情。

其三十四

羽檄如流星[1]，虎符合專城。喧呼救邊急，羣鳥皆夜鳴[2]。白日曜紫微，三公運權衡。天地皆得一，澹然四海清[3]。借問此何為，答言楚徵兵[4]。渡瀘及五月[5]，將赴雲南征。怯卒非戰士，炎方難遠行。長號別嚴親，日月慘光晶。泣盡繼以血，心摧兩無聲[6]。困獸當猛虎，窮魚餌奔鯨[7]。千去不一回，投軀豈全生[8]。如何舞干戚，一使有苗平[9]。

注釋

1　**羽檄**：發兵的命令。古代把發兵的命令寫在二尺長的木簡上，加插鳥羽，表示急速如飛鳥。現代的雞毛信，猶存遺意。**流星**：形容羽檄急速，有如流星。

2　**虎符**：古代發兵，以虎符為憑。虎符用銅或竹片製成虎形，中分為二，一半留在朝廷，一半交給郡守鎮將作為信物。朝廷下令發兵，要把留着的一半送到郡守鎮將那裏，經合對無誤，方能遵令，稱為合符。**專城**：一城的主管，指州、郡守等。首四句是説朝廷發兵的命令像流星般急速傳遞，守宰們已經收到虎符，一時救邊的喧呼把宿鳥也驚擾得不能安居，黑夜裏還成羣鳴叫不休。

3　**“白日”四句**：紫微，參見《古風五十九首》其二注 3（頁 005）。三公，古代“三公”指司空、司徒、司馬。司空主天，司徒主地，司馬主人，是古代君主的最高輔佐。唐朝因隋制以太尉、司徒、司空為三公。這裏泛指地位最高的大臣。天地皆得一，《老子》：“天得一以清，地得一以寧。”

河上公注："一，無為，道之子也。"天因無為而能清明，地因無為而能安寧。詩意是由於君王聖明，臣輔得力，天下太平，四海無事，忽然發令徵兵，到處騷動，弄得宿鳥也不能安眠，引出下面的問答。

4　**楚徵兵**：天寶十載（751）四月，劍南節度使鮮于仲通討南詔，大敗於瀘南。"時仲通將兵八萬分二道出戎、巂州，至曲州、靖州。南詔王閤羅鳳謝罪，請還所俘虜，城雲南而去，且曰：'今吐蕃大兵壓境，若不許我，我將歸命吐蕃，雲南非唐有也。'仲通不許，囚其使。進軍至西洱河，與閤羅鳳戰，軍大敗，士卒死者六萬人，仲通僅以身免。楊國忠掩其敗狀，仍敘其戰功。閤羅鳳斂戰屍，築為京觀，遂北臣於吐蕃。……制大募兩京及河南、北兵以擊南詔，人聞雲南多瘴癘，未戰，士卒死者什八九，莫肯應募。楊國忠遣御史分道捕人，連枷詣送軍所。舊制，百姓有勳者免征役，時調兵既多，國忠奏先取高勳。於是行者愁怨，父母妻子送之，所在哭聲震野。"（引自《通鑒・唐紀》）按：鮮于仲通因有德於楊國忠，天寶九載（750），因國忠薦，以益州長史為劍南節度使。參見《古風五十九首》其八（頁012—013）。

5　**瀘**：水名，即今雲南姚安縣附近的金沙江。**及**：趁。古時傳說瀘水兩岸多瘴氣，三月四月，遇到必死，五月以後為害稍減，所以說渡瀘要趁五月。

6　**"長號"四句**：應徵的壯丁辭別父母，放聲號哭，日月也為之黯然失色，淚乾繼之以血，心碎肝裂，相對無聲。

7　**困獸**：被圍困的野獸。**奔鯨**：指大魚。

8　**投軀**：猶捐軀，犧牲生命。

9 **“如何”二句**：傳説禹伐有苗氏，舜不同意使用武力而要求先改善內政。三年之後，通過一次兵器舞的表演，有苗氏就歸順了。見《藝文類聚》引《帝王世紀》。干，一種盾牌；戚，一種大斧，都是古代兵器。

這首詩開頭描寫徵兵的慌亂景象，然後點出事情發生在太平盛世，用倒插的章法，以見事出突然，非所預料，從而引出下面的問答，明揭徵兵的原因，哀嘆唐玄宗征南詔所造成的社會慘狀，表達自己以德服人的主張和對不義之戰的強烈反感，可與杜甫《兵車行》並讀。

其三十六

抱玉入楚國，見疑古所聞。良寶終見棄，徒勞三獻君[1]。直木忌先伐，芳蘭哀自焚[2]。盈滿天所損[3]，沉冥道為羣[4]。東海泛碧水，西關乘紫雲。魯連及柱史，可以躡清芬[5]。

注釋

1 **“抱玉”四句**：相傳楚國和氏在楚山中得到一塊玉璞（含玉的石塊），奉獻給厲王，厲王讓玉工鑒定，説純粹是塊石頭。厲王認為和氏蓄意誑騙，施以刖刑，斫去了和氏的左脛骨。後武王即位，和氏又抱着玉璞去獻給武王。武王再讓玉工鑒定，仍然説是石頭。武王也以為受了誑騙，斫去了和氏的右脛骨。武王死，文王即位，和氏抱着玉璞在楚山下大哭，三天三夜，淚盡繼之以血。文王派人問和氏為什麼哭得這樣傷心。和氏説：我不是因為受刑，而是因為寶玉被當作石頭，誠實被懷疑為詐騙。文王派玉匠剖開這塊玉璞，終於取得寶玉，命名為"和氏之璧"。（見《韓非子·和氏》）詩意是慨嘆良材見棄。

2 **"直木"二句**：直木，《莊子·山木》："直木先伐，甘井先竭。"芳蘭，《太平御覽》引《金樓子》："蚌懷珠而致剖，蘭含香而遭焚。"這兩句詩意是説：挺直的樹木怕的是先被採伐；蘭草悲嘆其含有香味而被焚燒。喻因才賈禍。

3 **"盈滿"句**：盈滿之後自然要虧損。

4 **沉冥**：泯然無跡貌。泯然無跡才能與道為羣。

5 **"東海"四句**：東海，指魯仲連欲蹈東海事。仲連為説服辛垣衍不奉秦為帝，曾説："彼即肆然稱帝，連有蹈東海而死耳。"參見《古風五十九首》其十注 2（頁 014）西關，李耳（老子）為周柱下史，看到朝政日衰，騎着青牛要到大秦去，過函谷關，關令尹喜強使著書，得《道德經》五千餘言。以上四句是詩人痛感良材見棄，因材賈禍，認為只有效法李耳和魯仲連，飄然遠引，才能自全。

這首詩寫良臣見疑，良材見棄，正人遭讒，能人賈禍。這類事情史不絕書，千古同悲。李白此詩，似為天寶三載（743）因受張垍、高力士等人讒毀，賜金還山後所作。

其三十七

燕臣昔慟哭，五月飛秋霜[1]。庶女號蒼天，震風擊齊堂[2]。精誠有所感，造化為悲傷[3]。而我竟何辜，遠身金殿旁。浮雲蔽紫闥，白日難回光[4]。羣沙穢明珠，眾草凌孤芳[5]。古來共嘆息，流淚空沾裳。

注釋

1 **"燕臣"二句**：《太平御覽》引《淮南子》："鄒衍事燕惠王盡忠，左右譖之王，王繫之獄，仰天哭，夏五月，天為之下霜。"

2 **"庶女"二句**：相傳春秋齊國有位寡婦，地位低微，又無子，卻能拒絕再嫁，孝順婆婆。婆婆有個女兒，想獨吞遺產，唆使母親讓寡婦改嫁。寡婦不同意，女兒就殺死母親，誣害寡婦。寡婦難以自白，向天喊冤，天就打起響雷，擊毀了齊景公的樓臺，摧殘了齊景公的肢體，海水也泛濫上岸。見《淮南子·覽冥》。

3 **造化**：創造化育，和現代語"自然"同義，也是天地的同義語。以上六句詩意是人間有奇冤，天地亦為之感動，所以五月下霜，雷暴海溢。古今作品中常常引用這些神話，如關漢卿的雜劇《感天動地竇娥冤》、田漢的話劇《關漢卿》等。

4　**金殿、紫闥**：皇帝居住的地方。闥，門。**白日**：喻皇帝。孔融《臨終》："讒邪害公正，浮雲翳白日。"

5　**羣沙、眾草**：和上面的"浮雲"，都譬喻小人。**孤芳**：孤高絕俗，詩人自謂。

這首詩和前一首（其三十六）一樣，可能是李白遭讒還山後所作。

其四十五

八荒馳驚飆[1]，萬物盡凋落。浮雲蔽頹陽[2]，洪波振大壑[3]。龍鳳脫網罟[4]，飄颻將安託？去去乘白駒，空山詠場藿[5]。

注釋

1　**驚飆**：狂風。

2　**"浮雲"句**：意與"浮雲蔽白日"同。頹陽，西落的太陽，用"頹陽"代替"白日"，固然是詞藻的翻新，更以比喻日趨沒落的國勢，皇帝已不是中天的白日，而是快落山的太陽了。

3　**大壑**：《莊子・天地》："大壑之為物也，注焉而不滿，酌焉而不竭。"陸德明注："大壑，東海也。"

4　**龍鳳**：詩人自喻。

5　**白駒**：《詩·小雅·白駒》："皎皎白駒，食我場苗。"又"皎皎白駒，食我場藿。""藿"就是苗。周宣王末年不能任賢，有些賢人乘白駒遠走，甘願過流亡生活。

這首詩前四句指安祿山之亂，後四句說自己雖已脫身羈囚，但朝廷不能任賢，因此飄搖無所依託。大概是至德二載（757）永王璘兵敗，李白自潯陽獄被釋，御史中丞宋若思表薦不報，定罪長流夜郎後所作。可見李白用世之心，雖經巨大挫折而不改，再一次暴露了這位"謫仙人"的世俗一面。參見《永王東巡歌十一首》（頁 183—185）。

其四十八

秦皇按寶劍[1]，赫怒震威神[2]。逐日巡海右，驅石駕滄津[3]。徵卒空九寓[4]，作橋傷萬人。但求蓬島藥，豈思農鳸春[5]。力盡功不贍[6]，千載為悲辛。

注釋

1　**按寶劍**：指秦始皇用武力統一中國。江淹《恨賦》："秦帝按劍，諸侯西馳。削平天下，同文共規。"

2　**赫**：赫然，怒狀。

3　**“逐日”二句**：秦始皇想過海遊覽日出之處，要架設一座石橋，就有神人趕送石塊下海，石塊滾得不快，常常施以鞭打，打得石頭流血，至今還作紅色。見《藝文類聚》引《三齊略記》。滄津，渡海的地方。滄，水青色，所以稱東海為“滄海”。津，渡口。

4　**九寓**：猶言九州。寓，宇。古分中國為九州，最早提及九州的《禹貢》，其所指即冀、兗、青、徐、揚、荊、豫、梁、雍。**蓬島藥**：參見《古風五十九首》其三注 8（頁 008）。

5　**鳸**：又作扈。傳少昊置九農之官，號為九扈；扈有止義，意即約束農民，不使懶散。

6　**功不贍**：猶言不成功。贍，給。

這首詩寫秦始皇統一天下之後，一心尋求不死之藥，絲毫不體恤人民疾苦，和唐玄宗於翦除武韋，登上皇帝寶座之後的妄想成仙，如出一轍，所以全詩用“千載為悲辛”作結，是有深意的。有人把第三首《秦王掃六合》說成是歌頌秦始皇，截取前八句斷章曲解。如果和這一首並讀，李白的基本態度就十分明確，不容歪曲。

其五十

宋國梧臺東，野人得燕石[1]。誇作天下珍，卻哂趙王璧[2]。趙璧無緇磷[3]，燕石非貞真。流俗多錯誤，豈知玉與珉[4]！

注釋

1 **"宋國"二句**：宋國有個愚人，在梧臺東面得到一塊燕石，當作寶物。一位從周來的客人請求欣賞一番。那個愚人齋戒七日，穿戴禮服，鄭重地從十層皮革特製的箱子裏取出一個圍着十層絲巾的包裹，打開一看，客人不禁掩口而笑，說："這不是燕石嗎？和磚頭瓦片是一類貨色。"愚人大怒，以為客人故意誆騙，趕緊把石頭更嚴密地藏起來。見《藝文類聚》引《闞子》。

2 **趙王璧**：戰國趙惠文王時，得楚和氏璧。璧，邊大孔小的圓形美玉。參見《古風五十九首》其三十六注 1（頁 029—030）。

3 **無緇磷**：緇，黑色。磷，薄而不厚貌。形容和氏之璧既無瑕疵，又堅貞耐磨。

4 **珉**：石之似玉而非者。

這首詩用燕石與趙璧混淆，比喻忠奸是非不辨，美醜正邪不分。以玉為石，以假為真，以忠為奸，以邪為正，憑一人的好惡，誤責一人，貽患無窮，誤信一人，蒼生荼毒，千載之下，猶有餘痛！唐玄宗天寶以後，信任奸臣李林甫、楊國忠當國，李白是有感而作的。

其五十二

青春流驚湍[1]，朱明驟回薄[2]。不忍看秋蓬，飄揚竟何託[3]。光風滅蘭蕙，白露灑葵藿[4]。美人不我期，草木日零落[5]。

注釋

1　**青春**：古人用方位和顏色來表示四季，春位東方，其色青，故稱。**驚湍**：急流奔騰盤旋像受驚似的。湍，急流。

2　**朱明**：夏氣赤而明，故稱。**回薄**：轉迫。

3　**蓬**：飛蓬，菊科，多年生草本，高約三十厘米，葉似柳葉，葉緣有粗鋸齒，頭狀花序。秋日開花，外圍小花舌狀，淡紫紅色，內層至中心圓筒狀，黃色。《埤雅》："蓬，末大於本，遇風輒拔而旋。"

4　**"光風"四句**：光風，雨後日出起風，使草木有光。蘭蕙，泛指有香氣的地生蘭，主要是春蘭和蕙蘭。葵，冬葵，又名冬莧菜或冬寒菜，錦葵科。越冬生草，莖高一米餘，葉五裂至七裂，葉緣有鈍鋸齒，冬春之際開花，簇生於葉腋，形小色白。嫩苗可食。藿，豆葉。植物都有向陽性，葵藿又是低賤的植物，古人多用於以下對上之詞，杜甫《自京赴奉先縣詠懷五百字》："葵藿傾太陽，物性固莫奪。"

5　**零**：草凋落；**落**：木飄零，都是下墜之意。

這首詩是從《楚辭·離騷》"日月忽其不淹兮，春與秋其代序。惟草木之零落兮，恐美人之遲暮"數句演化而出，詩意完全相同，也是有感於老之將至而不得見用於時的悲嘆。

其五十四

倚劍登高臺[1]，悠悠送春目。蒼榛蔽層丘，瓊草隱深谷[2]。鳳鳥鳴西海，欲集無珍木。鸒斯得所居，蒿下盈萬族[3]。晉風日已頹，窮途方慟哭[4]。

注釋

1　**倚劍**：帶劍。江淹《鮑參軍昭戎行》："倚劍臨八荒。"李周翰注："倚，佩也。"

2　**榛**：參見《古風五十九首》其一注 3（頁 002）。**瓊草**：猶言瑤草或瑞草。瓊，美玉。

3　**鸒斯**：或作鷽，今稱寒鴉或慈烏，體形較其他鴉類為小，領圈及腹部白，餘皆黑，為羣棲鳥，秋後特多，常千百成羣，布滿黃昏的天空，嘎嘎的鳴聲，刷刷的扇翅聲，從頭上掠過，嘈雜不堪。**蒿**：青蒿，又名香蒿，菊科，一年生草本，莖直立，多分枝，高可達一百五十厘米，葉梢細裂如絲。開小頭狀花，排成穗狀，綠黃色，可入藥。**盈萬族**：形容其多。

4 **"晉風" 二句**：阮籍有感於晉代朝政腐敗，常常駕車出遊，任意之所適，不擇途徑，受阻不能前進時，就慟哭而回。見《晉書．阮籍傳》。

這首詩中以蒼榛、鸒斯譬喻惡人，瓊草、鳳鳥譬喻好人。好人有心濟世而不遂，反不如惡人能夠呼朋引類，爬上顯要的地位。篇末以晉之阮籍為喻，世風已經敗壞，作窮途之哭，又有何用處呢？

其五十八

我行巫山渚[1]，尋古登陽臺[2]。天空綵雲滅，地遠清風來。神女去已久，襄王安在哉[3]！荒淫竟淪沒，樵枚徒悲哀。

注釋

1 **巫山**：在四川湖北兩省邊境，北與大巴山相連，長江穿流其間，形成瞿唐、巫、西陵三峽。巫峽西起四川巫山縣大寧河口，東至湖北巴東縣官渡口，長四十公里。巫山十二峯在巫山縣東長江兩岸，其中望霞峯又稱神女峯，因附會宋玉《高唐賦》中的"巫山之女"而得名。渚：江中小洲。

2 **陽臺**：在四川巫山縣治西北，長江北岸。

3 **"神女"二句**：宋玉《高唐賦》虛構了一個故事，大意是楚襄王與宋玉同遊雲夢之臺，遠眺高唐觀，觀上雲氣蒸騰，瞬息萬變。王問宋玉是什麼氣，宋玉答是朝雲，先王從前曾遊高唐，午睡夢中見一美人，自稱"巫山之女"，來高唐作客，聽說君王來遊，願薦枕席。於是先王與之同寢。美人臨去時說：我住在巫山南坡的土阜上，朝行雲，暮作雨，朝朝暮暮，都在陽臺之下。先王第二天一早起來觀看，果然所說不差。於是為之立廟，名為朝雲。神女，即"巫山之女"。

這首詩是說楚國因淫亂腐敗，至今已杳無遺跡，似為有感於唐玄宗寵幸楊氏姊妹而作。

其五十九

惻惻泣路岐，哀哀悲素絲[1]。路岐有南北，素絲易變移。萬事固如此，人生無定期[2]。田竇相傾奪，賓客互盈虧[3]。世途多翻覆，交道方嶮巇[4]。斗酒強然諾，寸心終自疑[5]。張陳竟火滅[6]，蕭朱亦星離[7]。眾鳥集榮柯，窮魚守枯池[8]。嗟嗟失歡客，勤問何所規？

注釋

1 **“惻惻”二句**：《劉子》：“墨子所以悲素絲，楊朱所以泣路歧。”意思是説，楊朱走到三叉路口而哭泣，因為自此既可往南，也可往北。墨翟看到本色絲而悲傷，因為本色絲既可染成黑色，也可染成黃色。一切事物往往決定於偶然的機遇，從而產生不可挽回的不同後果。

2 **期**：期待。“人生無定期”：人對將來一生難以預期。

3 **田竇**：漢魏其侯竇嬰喜賓客，游談之士多聚其門下。後來武安侯田蚡為相，排擠竇嬰等將相，更因王太后而深得寵信，許多趨炎附勢之徒多離開竇家而鑽進田家。見《史記·魏其武安侯列傳》。

4 **“交道”句**：嶮巇，顛危。意謂交友有危險。

5 **“斗酒”句**：斗酒交歡時滿口答應，心裏卻早存懷疑。

6 **“張陳”句**：秦末張耳、陳餘二人本來結為刎頸之交（要好得可以割頭換頸），後來竟成冤家對頭。張耳歸漢，領兵殺陳餘於泜水之上。見《史記·張耳陳餘列傳》。

7 **“蕭朱”句**：漢蕭育和朱博的友誼原是舉世皆知，後因嫌隙，未能善始善終。見《漢書·蕭望之傳》。

8 **“眾鳥”二句**：鳥雀都愛飛集於茂盛的樹木，待斃的魚才守着乾涸的池塘。

在這首詩中，詩人以窮魚自喻，大概作於從永王璘起兵失敗遭難之後。這時原來過從甚密的朋友，都像躲避瘟疫似的遠遠離開他，甚至反過來橫加傾陷，只剩命運相同的一些失意之人還常來問候。然而，“涸轍之鮒，相濡以沫，相煦以濕”，又有什麼用處呢？歧路素絲，或多或少還流露出一些自怨自艾的心情。

遠別離

《遠別離》：樂府《雜曲歌辭》。

遠別離，古有皇英之二女，乃在洞庭之南，瀟湘之浦[1]。海水直下萬里深，誰人不言此離苦[2]？日慘慘兮雲冥冥，猩猩啼煙兮鬼嘯雨[3]。我縱言之將何補？皇穹竊恐不照余之忠誠，雷憑憑兮欲吼怒[4]。堯舜當之亦禪禹，君失臣兮龍為魚，權歸臣兮鼠變虎[5]。或云堯幽囚，舜野死，九疑聯綿皆相似，重瞳孤墳竟何是[6]？帝子泣兮綠雲間[7]，隨風波兮去無還。慟哭兮遠望，見蒼梧之深山。蒼梧山崩湘水絕，竹上之淚乃可滅[8]。

注釋

1 **皇、英**：娥皇、女英。傳説為堯之二女，同嫁於舜。舜死，二女溺於湘江，而神遊洞庭瀟湘之間。**洞庭**：湖名，在湖南省北部，南納湘、資、沅、澧四水，北納長江松滋、太平、藕池三口泛期泄入的洪水，在岳陽縣城陵磯滙入長江，汪洋浩瀚，舊時號稱“八百里洞庭”。因圍湖造田，湖面已縮小。**瀟湘**：瀟水源出湖南藍山縣南九嶷山；湘江源出廣西靈川縣東海洋山麓，瀟水於湖南零陵縣境滙入湘江，故有“瀟湘”之稱。**浦**：水濱。

2　**“海水”二句**：皇、英二女死後精神不滅，仍在想念丈夫，悲苦之情，其深似海。

3　**“日慘慘”二句**：用日色無光、陰雲密佈、猿哀啼、鬼悲嘯來進一步托出心情的痛苦。

4　**我、余**：詩人假託為二女的稱謂。**皇穹**：天。古稱帝王為天子，“皇穹”就成為帝王的代詞。**憑憑**：同殷殷，雷聲。

5　**“堯舜”三句**：詩意是皇帝大權旁落，就是龍變為魚；臣子篡奪大權，彷彿鼠變為虎；這樣，堯不得不讓位於舜，舜也不得不讓位於禹。《説苑．正諫》：“吳王欲從民飲酒，伍子胥諫曰：不可，昔白龍下清泠之淵，化為魚，漁者豫且射中其目。”又東方朔《答客難》：“用之則為虎，不用則為鼠。”

6　**“或云”三句**：傳説堯德衰，為舜所囚，見《史記正義》轉引《竹書紀年》。舜因征伐有苗而死於蒼梧之野，見《國語．魯語》韋昭解。蒼梧，相當於今湖南與兩廣交界一帶地方。九疑，疑亦作“嶷”。山名，又名蒼梧山，在湖南省寧遠縣南，因九峯相似，一説山中九溪相似，見之有疑，故名。傳説舜葬於此。重瞳，指舜。傳説舜眼有兩個瞳了。

7　**帝子**：指娥皇、女英。**綠雲**：竹。

8　**“竹上”句**：傳説娥皇、女英因追舜不及，在竹間悲哭，灑在竹上的淚痕不褪，就成了湖南的名產湘妃竹。

這首詩收入殷璠《河岳英靈集》，當作於天寶十二載

（753）以前。唐玄宗晚年倦於政事，曾對高力士說：現在天下太平，要去修煉導引吐納，想把國家大事交託給李林甫。力士勸阻不聽。見《新唐書·高力士傳》。後來政歸李林甫、楊國忠，兵權交給安祿山、哥舒翰，終於導致天寶末年之亂。當時李白不能當面進諫，只好借古代傳說，用娥皇、女英的口吻，表達自己的看法，辭語閃鑠，而意甚明顯，流露出深刻的憂憤。

蜀道難

《蜀道難》：六朝樂府《相和歌‧瑟調曲》舊題。內容描寫蜀道的艱險。

噫吁嚱[1]，危乎高哉！蜀道之難，難於上青天[2]！蠶叢及魚鳧，開國何茫然。爾來四萬八千歲，不與秦塞通人煙[3]。西當太白有鳥道，可以横絕峨眉巔[4]。地崩山摧壯士死，然後天梯石棧相鈎連[5]。上有六龍回日之高標，下有衝波逆折之回川[6]。黃鶴之飛尚不得過[7]，猿猱欲度愁攀援[8]。青泥何盤盤[9]，百步九折縈巖巒。捫參歷井仰脅息，以手撫膺坐長嘆[10]。問君西遊何時還，畏途巉巖不可攀[11]。但見悲鳥號古木，雄飛雌從繞林間。又聞子規啼夜月[12]，愁空山。蜀道之難，難於上青天，使人聽此凋朱顏。連峯去天不盈尺，枯松倒挂倚絕壁。飛湍瀑流爭喧豗[13]，砯崖轉石萬壑雷[14]。其險也若此，嗟爾遠道之人胡為乎來哉！劍閣崢嶸而崔嵬，一夫當關，萬夫莫開[15]。所守或匪親，化為狼與豺[16]。朝避猛虎，夕避長蛇，磨牙吮血，殺人如麻。錦城雖云樂[17]，不如早還家。蜀道之難，難於上青天，側身西望長咨嗟[18]。

注釋

1 **噫吁（音虛）嚱（音希）**：驚嘆詞，猶現代語啊唷喲。

2 **"蜀道"二句**：蜀道，指自漢中通往四川的道路，秦時，張儀、司馬錯由此伐蜀，古稱石牛道或金牛道。起自今陝西褒城縣北的漢石門，南抵四川劍閣縣的劍門關。左思《蜀都賦》："緣以劍閣，阻以石門"，正指此道。今自劍閣縣北行出劍門關，北渡白水、嘉陵兩江，過廣元縣，入陝西境，經寧台縣、勉縣、褒城縣，中間歷經千佛巖（古龍門閣）、朝天驛、七盤關、五丁關諸險，約三百公里弱，到褒河邊的漢石門對岸。一路連山疊嶂、斷崖絕谷，鳥道羊腸，盤曲上下。有些地方峭壁萬丈，下臨激流，古人只能鑿山架設飛梁閣道，即所謂"棧道"，才能通過。現代在這裏雖已築成公路，但山高水險的情景仍然隨時可見。詩中用"蜀道之難，難於上青天"為主題，就當時條件來說，並非過分誇張。

3 **蠶叢、魚鳧**：傳說中古蜀國的兩位國王。劉逵《三都賦》注引揚雄《蜀王本紀》："蜀王之先，名蠶叢、柏濩、魚鳧、蒲澤、開明。是時人萌椎髻左言，不曉文字，未有禮樂。從開明上到蠶叢，積三萬四千歲。"**茫然**：蒙昧不可知。以上四句是說古時秦蜀雖是比鄰，但山川險阻，長期不相往來。

4　**“西當”二句**：太白，山名，秦嶺主峯，在陝西周至、郿縣、太白等縣之間。峨眉，山名，岷山支脈，在四川峨眉縣西南，岷山山脈連綿數百里，到此雙峯特起，相對如蛾眉，故稱。以上兩句是説當蜀道未通，從太白山到峨眉山之間行人絕跡，只有飛鳥往來。

5　**“地崩”二句**：壯士，秦惠王許嫁王女於蜀王，蜀王派力士五人往迎，返程經過梓潼，遇見一條大蛇往山洞裏鑽，力士拉住蛇尾，想把牠拉出來，不料山崩，把五力士和王女一同壓死，山也分成五嶺。見《華陽國志·蜀志》。天梯，鳥道羊腸，高插入天，像是登天的梯子。石棧，棧道，依崖傍水、鑿山架木的山路。以上兩句是説五力士（五丁）開道以後，秦蜀才通往來，和前六句一起略敘蜀道開闢的歷史。

6　**“上有”二句**：六龍，即六螭，《太平御覽》引《淮南子》：“爰止羲和，爰息六螭，是謂懸車。”注：“六螭，即六龍也。”古代神話：羲和駕馭六龍給日神拉車，在空中自東而西，永不止息。高標，高峯。這兩句詩意是峯嶺高峻，日車被碰回，河水也只好轉折迴流。

7　**黃鶴**：即黃鵠。《急就篇》顏師古注：“黃鵠一舉千里，其鳴聲鵠鵠。”《合璧事類》：“鵠，禽之大者，色白，又有黃色者，善高翔，湖海江漢間有之。”似即天鵝屬鳥類。

8　**猿猱**（音撓）：《埤雅》：“猿，猴屬，長臂，善嘯，便攀援。”即長臂猿科猴類。又《韻會》：“猱，母猴也，似人。”

9　**青泥**：嶺名，在陝西略陽縣附近。據説這裏懸崖萬丈，頂上常年瀰漫着雪霰雲霧，泥路濘滑，故名。見《元和郡縣志》。**盤盤**：迂迴曲折貌。

10 **參、井**：均古二十八宿中星宿名。參宿七星在獵戶座，井宿八星在雙子座。從前迷信天上星宿相應於一定地域，稱為分野，以參宿為蜀的分野，井宿為秦的分野。**脅息**：屏氣不敢呼吸，表示內心恐懼。**膺**：胸部。以上八句用迴日車、折回川、黃鶴猿猱也難度越、羊腸九折於深山大壑之間、高處可以捫觸到天上的星辰、行人為之"脅息""撫膺"且不敢顧盼，極言蜀道的峻險。

11 **巉巖**：高聳的山巖。

12 **子規**：四聲杜鵑的異名，又名子鵑或杜宇。頭部灰褐色，上體濃褐色，胸部白色，尾部有黑斑，雜以棕白色點，常棲於山地或平地樹林中。春夏之交，往往徹夜飛鳴，音調甚為淒厲，古人說其音為"不如歸去"。又因此鳥嘴角帶黃色，更附會為哀鳴不已，以至出血，而有"杜鵑啼血"之說。詩文中常用來比喻遊子思鄉的苦情，典出《華陽國志·蜀志》；據稱古蜀王杜宇，號望帝，讓位於開明而出隱西山，"時適二月，子鵑鳥鳴。故蜀人悲子鵑鳥鳴也。"

13 **喧豗**（音灰）：猶喧譁，形容飛湍怒瀑相激蕩而成巨響。

14 **砯**（音乒）：流水擊石。

15 **劍閣**：即今劍門關，在四川劍閣縣北七里。《水經注·漾水》："又東南逕小劍戍北，西去大劍三十里，連山絕險，飛閣通衢，故謂之劍閣也。張載《銘》曰：'一夫守險，萬夫趦趄'，信然。"這裏羣峯劍插，兩山如門，所以說："蜀地之險甲於天下，而劍閣之險尤甲於蜀。""崢嶸"、"崔嵬"，都是形容山勢高峻。

16 **"所守"二句**：鎮守的人如果不是親信，就容易造成割據的局面。張載《劍閣銘》:"形勝之地,匪親勿居。" 匪,同非。

17 **錦城**:即錦官城,在四川成都市。《初學記》引《益州記》:"錦城在益州南,笮橋東,流江南岸,昔蜀時故錦官處也,號錦里,城墉猶在。"

18 **咨嗟**:嘆息。

這首詩大氣磅礴,豪情奔放,筆法神奇,音調激越。"蜀道之難,難於上青天"這個主題,在起首、中部和結尾三度出現,很像交響樂裏的主題反覆,具有深刻動人的感染力。當初賀知章讀到這首詩,稱李白是"謫仙人"。殷璠《河岳英靈集》中也說:"至如《蜀道難》等篇,可謂奇之又奇。然自騷人以還,鮮有此體調也。" 從此讚譽歷一千二百餘年而不衰。現在蜀道已成坦途,但這首詩仍然閃耀着天才的光輝,永垂後世。

關於這首詩的命意,自宋以來就有爭議,一般認為應有所指。如《新唐書》採范攄《雲谿友議》之說,以為是有感於嚴武鎮蜀放肆並將危及房琯、杜甫而作;沈括、洪邁反對此說,而認為係諷刺章仇兼瓊;蕭士贇又獨創"諷唐玄宗幸蜀之非"的說法。獨明胡震亨力排眾議,指出兼瓊在蜀,並未據險跋扈;嚴武鎮蜀已在至德之後;玄宗幸蜀在天寶末,而這首詩在天寶初年已見賞於賀知章。因此,認為《蜀道難》是古《相和歌》舊題,梁、陳已有不少擬作,不必有所專指。李白無非是蜀人詠蜀事,描寫蜀道之險,也提出一些鑒戒,如所謂"所守或匪親,化為狼與豺",正是深得風人之旨云云,是很有見地的。近人詹瑛作《李白詩文繫年》,對此又作了補充。他根據孟棨《本事詩》認為李白入長安,此詩為賀知章所賞，知章於天寶三載（744）初致仕歸越，可證這首詩應作於天寶三載以前，與《送友人入蜀》、《劍閣賦》等為同一主題的同時之作。

梁甫吟

古《相和歌·楚調曲》有《梁父吟行》。“梁甫”，即“梁父”，小山名，在泰山附近，古為叢葬之地。張衡《四愁詩》：“我所思兮在泰山，欲往從之梁甫艱。”李善注以為泰山喻君子，梁甫喻小人。傳諸葛亮為《梁父吟》，亦取義於此。

長嘯《梁甫吟》，何時見陽春[1]。君不見朝歌屠叟辭棘津，八十西來釣渭濱。寧羞白髮照清水，逢時壯氣思經綸。廣張三千六百鈞，風期暗與文王親[2]。大賢虎變愚不測，當年頗似尋常人[3]。君不見高陽酒徒起草中，長揖山東隆準公。入門不拜騁雄辯，兩女輟洗來趨風。東下齊城七十二，指揮楚漢如旋蓬[4]。狂客落魄尚如此，何況壯士當羣雄[5]。我欲攀龍見明主，雷公砰訇震天鼓[6]。帝旁投壺多玉女，三時大笑開電光，倏爍晦冥起風雨[7]。閶闔九門不可通，以額扣關閽者怒[8]。白日不照吾精誠，杞國無事憂天傾[9]。猰貐磨牙競人肉，騶虞不折生草莖[10]。手接飛猱搏彫虎，側足焦原未言苦[11]。智者可卷愚者豪，世人見我輕鴻毛[12]。力排南山三壯士，齊相殺之費二桃[13]。吳楚弄兵無劇孟，亞夫咍爾為徒勞[14]。《梁甫吟》，聲正悲。張公兩龍劍，神物合有時。風雲感會起屠釣，大人峴屼當安之[15]。

注釋

1 **"長嘯"二句**：長嘯，曼聲朗誦。起首兩句詩意是：小人當道，盛世難逢。《楚辭》："恐溘死而不得見乎陽春。"猶言盡有生之年，難見太平。李白此時心情，正與屈原相同，因而襲用其辭而意稍婉轉。

2 **朝歌**：商代帝乙、帝辛（紂）的別都，在今河南淇縣。**棘津**：在今河南延津縣。周初名相太公呂望五十歲賣漿於棘津，七十歲屠牛於朝歌，八十歲釣魚於渭水，釣了十年，才遇見文王，拜為相，所以詩中稱"三千六百鉤"。**風期**：風度和志趣。

3 **"大賢"二句**：猶言大智若愚。《易．革卦》："大人虎變"，是說有所作為的人能像老虎換毛，除舊更新，頓時文采四照。但在沒有得時的時候，原和一般人沒有顯著差別，非常人所能預料。

4 **"君不見高陽"六句**：高陽酒徒，酈食其（音歷異基）自稱。高陽，在今河南杞縣。隆準（音拙），高鼻梁；隆準公，指漢高祖劉邦。趨風，快疾如風。旋蓬，飛蓬遇風連根拔起而旋轉，參見《古風五十九首》其五十二注 3（頁 036）。這裏是說，酈生指揮楚漢兩家，有如風吹落草，把它們弄得團團轉。六句說秦末酈食其謁見劉邦，自薦去游說齊王田廣歸漢的故事。見《史記 · 酈生陸賈列傳》。大意是劉邦兵過高陽，酈生請見。劉邦正坐在牀上讓兩個女子給他洗腳，酈生長揖不拜，說道："你想會合諸侯攻打暴秦，就不該對長者無禮！" 劉邦於是停止洗腳，穿好衣服，讓酈生上坐，表示歉意。酈生暢談六國合縱連橫時事。劉邦十分高興，封他為廣野君。漢三年派酈生去游說齊王，一舉得齊七十二城。

5　**狂客**：一作"狂生"。《史記》稱酈生"好讀書，家貧落魄，無以為衣食業。縣中皆謂之狂生"。詩中"狂客"指酈生。**壯士**：李白自況。

6　**攀龍**：古時喻追隨君主為攀龍附鳳。**雷公**：雷神。古時迷信雷是"天鼓"。**砰訇**（音乒轟）：大聲。以下詩人模倣《離騷》，以天為喻。

7　**投壺**：古代的一種遊戲，把箭投入瓶狀的壺裏，負者飲酒。《神異經》說：東王公和玉女投壺，中了，天為之叫好，不中則天為之笑。張華注："今天不雨而有電光，是天笑也。" **三時**：春、夏、秋三季。**倏爍**：迅閃。**晦冥**：陰暗。

8　**閶闔、九門**：都是天門的同義詞。這裏指帝都的城門。**叩**：敲。**關**：門。**閽者**：看門人。

9　**"白日" 二句**：白日，隱喻君主。詩意是儘管一片誠心要作呂望、酈生，但不為君主所了解。《列子 · 天瑞篇》："杞國有人，憂天地崩墜，身無所寄，廢寢食者。" 這裏李白申說自己並非杞人憂天。

10 **猰貐**（音壓雨）：又作猰貐或窫窳，傳說中一種野獸，虎爪，跑得很快，食人。**騶虞**（音周如）：黑紋白虎，尾巴長於身子，不食活物，不在活草上行走，是傳說中的瑞獸。古人認為君主有道則騶虞出現，無德則猰貐出現，所以用騶虞喻仁政，猰貐喻苛政。

11 **"手接"二句**：張衡《思玄賦》："執雕虎而試象兮，阽焦原而跟趾。"注引《尸子》記載中黃伯能左手接飛猱（一種善於攀援的猿猴），右手捉住雕虎（斑紋虎）。又說春秋莒國有焦原，寬五十步，下臨八百尺的深淵，只有不怕死的人才敢站上去。

12 **"智者"二句**：《論語 · 衞靈公》："君子哉蘧伯玉，邦有道則仕，邦無道則卷而懷之。"以上四句是說，自己縱然有天大本領，可以接猱搏虎，履焦原如平地，但是在這智者深藏不出，庸材稱霸的時代，自己在世人眼中，輕如鴻毛，一文不值。

13 **"力排"二句**：諸葛亮《梁父吟》："步出齊城門，遙望蕩陰里。里中有三墳，纍纍正相似。問是誰家墓，田疆、古冶子。力能排南山，文能絕地紀。一朝被讒言，二桃殺三士。誰能為此謀，相國齊晏子。"據《晏子春秋》：齊景公時有三士：公孫接、田開疆、古冶子，都以勇能搏虎著名。晏嬰因路遇三人不施敬禮，就在齊景公面前說三人的壞話，並且唆使齊景公賜給三人兩個桃子，讓三人各敘自己的功績，然後由功勞大的兩人吃桃。公孫接、田開疆先拿了桃子，古冶子卻說兩人的功勞不如自己，要他們交出桃子。兩人羞憤自殺。古冶子覺得獨自活着沒有面目見人，也自殺了。

14 **“吳楚”二句**：漢景帝時吳楚叛亂，周亞夫領兵去討伐，在河南得遇劇孟，高興之餘，不覺咍笑着説：吳楚興兵而不用劇孟，只能是勞師無功而已。（見《史記·游俠列傳》）咍，嗤笑。以上四句是説，個人的生死榮辱，繫於君主和當權者的一言一行，如三士因晏嬰而死，劇孟因周亞夫而用，古今一轍，李白用來自我安慰。

15 **“張公”四句**：張公兩龍劍，參見《古風五十九首》其十六注 1（頁 018）。峴屼（音熱兀），同䑃卼，不安貌。四句説張華的兩柄神劍終能會合，呂望也從屠牛釣魚的匹夫致身相位，有志氣的人應該安於不平坦的境遇，等待風雲感會的時機。

這首詩大概作於天寶三載（744）李白被放還山，離開長安之後，和他的另一首詩《冬夜醉宿龍門覺起言志》都表達了對國事的關懷和自己不能施展抱負的悲憤，更抒發了“天生我材必有用”的自信，可見李白和杜甫一樣有“致君堯舜上”的理想。

烏夜啼

樂府古題有《烏夜啼》，屬《清商曲．西曲歌》。

黃雲城邊烏欲棲，歸飛啞啞枝上啼。機中織錦秦川女[1]，碧紗如煙隔窗語。停梭悵然憶遠人，獨宿孤房淚如雨。

注釋

1 "機中"句：晉竇滔妻蘇蕙，有文才。滔於苻堅時任秦州刺史，被放逐到流沙。蕙在錦緞上織成一幅《迴文璇璣圖詩》寄滔，共八百四十字，可以縱橫循環誦讀，得詩二百餘首，內容甚為淒婉動人。秦川，從函谷關到西安附近，沃野千里，因係秦國故地，故稱為秦川。

這首詩是借樂府舊題，用蘇蕙迴文織錦的事為唐開元天寶間因頻年爭戰而長期離散的許多夫婦訴苦。

烏棲曲

《清商曲·西曲歌》又有題《烏棲曲》，在《烏夜啼》之後。

姑蘇臺上烏棲時，吳王宮裏醉西施[1]。吳歌楚舞歡未畢，青山欲銜半邊日[2]。銀箭金壺漏水多[3]，起看秋月墜江波。東方漸高奈樂何[4]！

注釋

1　**姑蘇臺**：春秋吳王闔閭創建，夫差增築，故址在今江蘇吳縣西南橫山麓。傳說臺橫廣五里，三年才竣工。臺上有春宵宮，夫差和西施在此日夜飲酒作樂。**烏棲時**：烏鴉歸巢的時候，意指黃昏。

2　**"青山"句**：太陽下山。

3　**銀箭金壺**：又稱"銅壺滴漏"，是古代一種計時工具。壺中盛水，壺底有孔，水逐漸下漏；水中立有一枝刻着度數的箭，隨着水面的升降而顯示度數，以表明時刻。

4　**"東方"句**：夜以繼日地歌舞取樂，到東方升起太陽，還不肯罷休。

這首詩用吳王夫差和西施的故事來諷刺唐玄宗的荒淫縱樂，格調上很像漢武帝劉徹的《秋風辭》："秋風起兮白雲飛，草木黃落兮雁南歸。蘭有秀兮菊有芳，懷佳人兮不能忘。泛樓船兮濟汾河，橫中流兮揚素波。簫鼓鳴兮發棹歌，歡樂極兮哀情多。少壯幾時兮奈老何！" 據說李白此詩係天寶初年剛到長安時所作，為賀知章所激賞，反覆吟詠說："此詩可以泣鬼神矣！"

戰城南

漢《鼓吹鐃歌十八曲》中有《戰城南》曲，為哀悼戰死將士之作。

去年戰，桑乾源[1]；今年戰，葱河道[2]。洗兵條支海上波，放馬天山雪中草[3]。萬里長征戰，三軍盡衰老。匈奴以殺戮為耕作，古來惟見白骨黃沙田[4]。秦家築城備胡處，漢家還有烽火燃。烽火燃不息，征戰無已時[5]。野戰格鬥死[6]，敗馬號鳴向天悲。烏鳶啄人腸，銜飛上挂枯樹枝。士卒塗草莽，將軍空爾為。乃知兵者是凶器，聖人不得已而用之[7]。

注釋

1　**桑乾**：河名，永定河上游，源出今山西北部管涔山，經大同市東南流入河北西北部的官廳水庫。唐時這一帶是奚、契丹部落遊牧之地。

2　**葱河**：即葱嶺河，今稱喀什噶爾河，發源於帕米爾高原，為塔里木河支流之一。古代把帕米爾高原和喀喇崑崙山脈諸山稱為葱嶺。唐時在今新疆塔什庫爾干附近設“葱嶺守捉”，屬“安西大都護府”管轄，吐蕃在這裏擴張勢力，常常發生戰爭。

3 **洗兵**：左思《魏都賦》有“洗兵海島”句。李善注引魏武《兵接要》：“大將將行，雨濡衣冠，是謂洗兵。”**條支**：漢西域國名，在今伊拉克底格里斯河口，濱臨波斯灣，即阿剌伯人的梅息恩凱拉希恩（Mésène Kharasene），其都城 Charax-Spasinu，原名 Antiochia，條支是譯音。又唐龍朔元年（661）以訶達羅支國置條支都督府，領州九，武后時改名謝颶。《新唐書．西域列傳下》：“謝颶居吐火羅西南，本曰漕矩陀，或曰漕矩。顯慶時謂訶達羅支。武后改今號。東距罽賓，東北帆延，皆四百里；南婆羅門，西波斯，北護時健。其王居鶴悉那城，地七千里，亦治阿娑你城。”即希臘人的阿拉科細亞（Arachosia），大食人的 Zaboulistan，都城鶴悉那，即今加茲尼（Ghazna）。所轄九州中有細柳州，以護聞城置，經考證即今阿富汗首都喀布爾。所以漢條支和唐條支同名異地，不可相混。詩中既言“條支海上波”，當指漢條支而不是萬山之中的唐條支。《後漢書．西域傳》：“條支國城在山上，周圍四十餘里，臨西海，海水曲環其南及東北，三面路絕，惟西北隅通陸道。”和下句“天山”一起，似乎泛指西域，並非確指。“天山”：亞洲中部的大山系，橫貫中國新疆中部，西端伸入蘇聯中亞細亞，為塔里木、準噶爾兩盆地的分界，著名的高峯有汗騰格里峯（6,995 米）等。古稱北祁連山，唐時名折羅漫山。山上終年積雪，因又名雪山、白山。

4 **“匈奴”二句**：王褒《四子講德論》：“匈奴，百蠻之最強者也，其耒耜則弓矢鞍馬，播種則捍絃掌拊，收秋則奔狐馳兔，穫刈則顛倒殪仆。”李白槩括成此兩句，簡煉而更見精彩。

5　**“秦家”四句**：秦始皇滅六國後，為防匈奴入侵，命大將蒙恬監修原秦、趙、燕三國的北邊長城，將它們連而為一，起自臨洮（今甘肅岷縣境），北傍陰山，止於遼東，俗稱萬里長城。烽火，古時於邊境高築土臺，上設架有橫木的木柱，名為桔槔。橫木一端設籠，中置柴薪，名為兜零，可以牽引上下。平時兜零一端向下。一旦發現敵情，立刻燃着柴薪，把兜零一端舉起，作為報警的信號。因此成為邊警的同義語。這四句詩意是：朝代已經更迭而爭戰不已，人民痛苦，永無完結的日子。

6　**格鬥**：“相拒而殺之曰格”，見《後漢書》李賢注。

7　**“乃知”二句**：《六韜》：“聖人號兵為凶器，不得已而用之。”

這首詩用舊題原意，作進一步發揮。按唐玄宗追求邊功，自天寶改元以後，連年和吐蕃、突厥、回紇、奚、契丹等進行戰爭，特別是天寶八載（749）哥舒翰攻取吐蕃所據石堡城（今青海西寧市西南），唐兵戰死者數萬人；十載（751）因石國依附吐蕃，派高仙芝率兵三萬人往討，石國乞援於大食。仙芝軍與大食軍相遇於怛邏斯（今哈薩克奧里阿塔附近），大敗，士卒死亡略盡。命鮮于仲通伐南詔，又大敗於瀘南，士卒死者六萬人。同年安祿山攻契丹，全軍六萬人覆沒。耗費國家大量財力，邊境長期不得安寧。邊將邀功，虛報戰績；士卒遠征，生離死別。李白觸目驚心，寫下了這篇反對不義之戰的呼籲書。

將進酒

《將進酒》，漢《鼓吹鐃歌十八曲》之一，一作《惜空樽酒》。

君不見黃河之水天上來，奔流到海不復回。君不見高堂明鏡悲白髮，朝如青絲暮成雪。人生得意須盡歡，莫使金樽空對月。天生我材必有用，千金散盡還復來。烹羊宰牛且為樂，會須一飲三百杯[1]。岑夫子，丹丘生[2]，將進酒，君莫停。與君歌一曲，請君為我側耳聽。鐘鼓饌玉不足貴[3]，但願長醉不用醒。古來聖賢皆寂寞，惟有飲者留其名。陳王昔時宴平樂，斗酒十千恣歡謔[4]。主人何為言少錢，徑須沽取對君酌。五花馬[5]，千金裘[6]，呼兒將出換美酒，與爾同銷萬古愁。

注釋

1　"會須"句：漢末袁紹為鄭玄送行，務必讓玄喝醉，參與宴會者三百餘人，都離席敬酒。自朝至暮，估計鄭玄共飲了二百多杯，而溫文自持，不改常態。見《世說新語．文學》注引《鄭玄別傳》。

2 **岑夫子、丹丘生：**大概就是集中的岑徵君和元丹丘，都是李白的好友。

3 **饌玉：**即玉饌，珍美的飲食。

4 **陳王：**曹植於魏明帝太和六年（232）封陳王，所作《名都篇》有句云："歸來宴平樂，美酒斗十千。" **平樂：**觀名。

5 **五花馬：**毛色斑駁的馬；一說剪馬鬃分為五簇的馬。

6 **千金裘：**戰國齊孟嘗君有白狐裘一領，價值千金，天下無雙。見《史記．孟嘗君列傳》。李白一生嗜酒，集中酒詩不少。杜甫《飲中八仙歌》："李白斗酒詩百篇，長安市上酒家眠，天子呼來不上船，自稱臣是酒中仙。" 可見其使酒狂態。

這首詩用典少而自然，不落痕跡。通篇像是白話，脫口而出，豪雄奔放，一氣呵成。從詩的技巧來看，的確到了最高的境界。但主題限於及時行樂，借酒澆愁，反映了封建時代不得志的才智之士的苦悶。

天馬歌

《漢書．武帝紀》載：元鼎四年（前 113）秋，馬生渥洼水中，作《天馬之歌》。太初四年春，貳師將軍廣利斬大宛王首，獲汗血馬來，作《西極天馬之歌》。

天馬來出月支窟[1]，背為虎文龍翼骨。嘶青雲，振綠髮[2]，蘭筋權奇走滅沒[3]。騰崑崙[4]，歷西極[5]，四足無一蹶[6]。雞鳴刷燕晡秣越[7]，神行電邁躡恍惚。天馬呼，飛龍趨，目明長庚臆雙鳧[8]，尾如流星首渴烏[9]，口噴紅光汗溝朱[10]，曾陪時龍躍天衢[11]，羈金絡月照皇都[12]。逸氣稜稜凌九區[13]，白璧如山誰敢沽[14]。回頭笑紫燕[15]，但覺爾輩愚。天馬奔，戀君軒[16]，駷躍驚矯浮雲翻[17]。萬里足躑躅，遙瞻閶闔門[18]。不逢寒風子[19]，誰採逸景孫[20]。白雲在青天，丘陵遠崔嵬。鹽車上峻坂，倒行逆施畏日晚。伯樂剪拂中道遺[21]，少盡其力老棄之。願逢田子方[22]，惻然為我悲。雖有玉山禾[23]，不能療苦飢。嚴霜五月凋桂枝，伏櫪銜冤摧兩眉[24]。請君贖獻穆天子[25]，猶堪弄影舞瑤池。

注釋

1 **天馬**：漢武帝得烏孫馬，稱之為天馬，後得大宛汗血馬，更壯，遂改名烏孫馬為西極，大宛馬為天馬。見《史記·大宛列傳》。又《史記正義》引康泰《外國傳》："外國稱天下有三眾：中國為人眾，大秦為寶眾，月支（一作氏）為馬眾也"。烏孫、大宛、月支都是古部族名。烏孫、月支兩族原在今甘肅祁連、敦煌一帶遊牧，後烏孫遷於伊犂河谷和今吉爾吉斯伊塞克湖附近，月支遷於伊犂河上游。大宛在今烏茲別克、塔吉克及吉爾吉斯三國交界處的中亞費爾干納盆地，都以產馬著名。

2 **鬘**：馬額上毛。

3 **蘭筋**：陳琳《為曹洪與魏文帝書》李善注引《相馬經》說：馬眼上面下陷如井，稱為玄中；一筋出自玄中，稱為蘭筋。蘭筋堅的馬能日行千里。**權奇**：善於行走之狀。漢《天馬歌》："志俶儻，精權奇。"

4 **騰**：登上。**崑崙**：山名。《淮南子》："經紀山川，蹈騰崑崙。" 高誘注："騰，上也；崑崙，山名，在西北，其高萬九千里。"

5 **西極**：西部邊疆。漢《天馬歌》："天馬徠，從西極。"

6 **蹶**：僵。

7 **"雞鳴"句**：形容馬跑得很快，清早雞叫時在燕地刷馬，下午四時左右已經在越國上料。古稱下午四時左右為"晡"。

8 **"目明"句**：臆，胸部。鳧，野鴨。形容馬的眼睛明澈得像長庚星，胸部兩側飽滿像一對野鴨。

9　**渴烏**：曲筒，利用抽氣原理向上引水的工具，形容馬的頭頸彎曲。

10　**噴紅光**：《齊民要術》："相馬之法，口中欲得紅而有光。"**汗溝**：顏延年《赭白馬賦》李善注引《相馬經》："汗溝欲深。"

11　**衢**：路。《楚辭》："躡天衢兮長驅。"

12　**羈**：馬絡頭。**絡月**：《莊子．馬蹄篇》："齊之以月題。"陸德明注："月題，馬額上當顱如月形者也。"

13　**九區**：猶言九州。

14　**白璧**：馬頰圓似懸璧，盈滿似月。

15　**紫燕**：一種良馬。

16　**戀君軒**：鮑照《代東武吟》："疲馬戀君軒。"

17　**鞚**（音聳）：捶馬銜使走。

18　**閶闔**：天門。

19　**寒風子**：古之善相馬口齒的專家。

20　**逸景孫**：景同影。此句形容馬疾馳而過，像飄忽的影子，進而把馬看作影子之孫。

21　**"鹽車"三句**：典出《戰國策．楚策》，講一匹老了的千里馬駕着鹽車登上太行山，弄得遍體鱗傷，血汗淋漓，在狠狠的鞭策之下，還是走不上去。恰巧被善相馬的伯樂遇見，他下車牽着馬哭起來，又解衣披在馬身上。於是馬低頭噴氣，仰天長鳴，聲音像金石一樣，上達於天。因為馬也懂得伯樂是牠的知己。剪拂，修剪毛鬣，洗拭塵垢。伯樂，姓孫名陽，古之善相馬者。

22　**田子方**：戰國時人，端木賜（子貢）的學生，與卜商（子夏）、段干木同為魏文侯所優禮。一次田子方在路上遇見一匹老馬，問是什麼馬？養馬的人回答；是你家的馬，現在不用，已經出賣了。田子方說：“當牠年青力壯的時候用盡了牠的氣力，老了就把牠拋棄，不是仁者應有的行為。”馬上拿錢去贖了回來。許多不得意的士人知道了這件事，都想追隨田子方。見《韓詩外傳》。

23 **玉山禾**：鮑照《代空城雀》：“誠不及青鳥，遠食玉山禾。”傳說在崑崙山上生長有木禾，長五尋，大五圍。見《山海經．西山經》。

24 **伏櫪**：關在欄裏飼養。櫪，馬厩。

25 **穆天子**：周穆王駕着八駿遨遊四方，馳驅千里，到西王母那裏作客，在瑤池飲酒作樂。見《列子．周穆王》。

這首詩是李白以馬老見棄自況，想望再度出山。又自嘆知己難得，反不如老馬還能遇到伯樂和田子方。

行路難三首

《行路難》，樂府《雜曲歌辭》舊題，多寫世路艱難和離情別緒。

其一

金樽清酒斗十千[1]，玉盤珍羞直萬錢。停杯投箸不能食[2]，拔劍四顧心茫然。欲渡黃河冰塞川，將登太行雪滿山。閑來垂釣碧溪上[3]，忽復乘舟夢日邊[4]。行路難，行路難，多歧路，今安在？長風破浪會有時，直挂雲帆濟滄海[5]。

注釋

1 **"金樽" 句**：參見《將進酒》注 4（頁 063）。

2 **箸**：筷子。

3 **垂釣**：用呂尚釣於磻溪（今陝西寶雞市東南）的故事，參見《梁甫吟》注 2（頁 052）。

4 **夢日邊**：伊尹在受聘於湯以前，曾夢乘船到日月旁邊。後來用“日邊”或“日下”來代表帝都所在。

5 “長風破浪”二句：南朝宋宗愨年少時，叔父炳問他立志做什麼？宗愨回答：“願乘長風破萬里浪。”後人用這句話來表示有大的抱負。

其二

大道如青天，我獨不得出。羞逐長安社中兒，赤雞白雉賭梨栗[1]。彈劍作歌奏苦聲，曳裾王門不稱情[2]。淮陰市井笑韓信，漢朝公卿忌賈生[3]。君不見昔時燕家重郭隗[4]，擁篲折節無嫌猜[5]。劇辛樂毅感恩分，輸肝剖膽效英才。昭王白骨縈蔓草，誰人更掃黃金臺。行路難，歸去來！

注釋

1 “羞逐”二句：詩意是不屑像那些靠鬥雞獲取梨栗的街坊小兒那樣去謀取君王的寵幸。社，古以二十五家為一社，這裏泛指街坊。

2 “彈劍”二句：戰國時齊公子孟嘗君的食客馮驩多次彈鋏而歌，對生活表示不滿。見《史記．孟嘗君列傳》。曳裾，意思是出入公侯之門。裾，衣服的前襟。《漢書．鄒陽傳》："飾固陋之心，則何王之門不可曳長裾乎？"不稱情，猶近言不稱心。以上兩句詩意是寄人籬下的生活不能稱心。

3 **"淮陰"二句：**韓信，漢初大將，今江蘇淮陰人。少時家貧，淮陰市上無賴子弟有意加以侮辱，說："信能死，刺我；不能死，出我跨下！"韓信望了這人一眼，不吭聲地就從這人的跨下爬過去，街坊們都恥笑韓信軟弱怕事。（見《史記．淮陰侯列傳》）賈生，賈誼，漢洛陽人。曾上書漢文帝，建議改革制度，興禮樂，受到灌嬰等重臣的排斥。見《史記．屈原賈生列傳》。這兩句詩意是借韓信見辱於跨下，和賈誼不容於灌嬰、馮敬等人的故事，訴說自己受到的輕蔑和排擠。

4 **"君不見"句：**意思是感嘆自己遇不到燕昭王那樣英明的君主，不能施展才能。戰國燕昭王為謀求國家富強，重視有真才實學的士人。他以郭隗為師，並在易水之濱築起高臺，上置黃金，表示招徠賢士，稱為黃金臺，於是鄒衍、劇辛等都到燕國來。

5 **擁篲：**《史記．孟子荀卿列傳》："鄒衍如燕，燕昭王擁篲先驅"，意思是說燕昭王親自為之清道，用衣袖擋着掃帚，以防塵土飛揚，用以表示對長者的尊敬。篲，掃帚。**折節：**屈己下人。

其三

有耳莫洗潁川水[1]，有口莫食首陽蕨[2]。含光混世貴無名，何用孤高比雲月。吾觀自古賢達人，功成不退皆殞身。子胥既棄吳江上[3]，屈原終投湘水濱[4]。陸機雄才豈自保[5]，李斯稅駕苦不早。華亭鶴唳詎可聞[6]，上蔡蒼鷹何足道[7]。君不見吳中張翰稱達生，秋風忽憶江東行。且樂生前一杯酒，何須身後千載名[8]。

注釋

1 **"有耳"句**：參見《古風五十九首》其二十四注 7（頁 023—024）。一說堯帝請許由為九州長，許由聽都不願意聽，跑到潁水之濱去洗耳。

2 **"有口"句**：周武王打敗商紂王，天下歸周。伯夷、叔齊以為武王滅商可恥，不吃周朝的飯，跑進首陽山隱居，採薇而食。見《史記·伯夷叔齊列傳》。

3 **子胥**：春秋吳王夫差賜屬鏤之劍給伍子胥，子胥伏劍自殺，夫差把子胥的屍首用革囊裝了投入江中。見《吳越春秋》。

4 **屈原** ：屈原為楚懷王所放逐，自沉於汨羅江。見《史記·屈原賈生列傳》。

5 **陸機**：晉八王之亂，成都王司馬穎命陸機為後將軍、河北大都督，領兵二十餘萬人討長沙王司馬乂，大敗，為閹宦所譖，將遇害，神色自若，嘆道：“華亭鶴唳，豈可復聞乎？”見《晉書・陸機傳》。機，吳人。

6 **華亭**：三國時吳國封陸遜為華亭侯，其地在今江蘇松江縣西。**唳**：鶴鳴。

7 **“上蔡”句**：李斯臨刑，回頭看見他的幼子，傷心地說：再要牽着黃犬，架起蒼鷹，出上蔡東門去獵狐兔，已是空想了。見《太平御覽》引《史記》。今本《史記・李斯列傳》中無“架蒼鷹”字樣，而李白詩中屢用其事，大概別有所本。李斯，上蔡人，上蔡治所在今河南上蔡縣西南。

8 **“君不見”四句**：張翰，字季鷹，晉時吳郡人。齊王冏召為大司馬東曹掾。此時冏正掌握政府大權，翰見秋風起，想念吳中的菰菜（茭白）、蓴羹、鱸魚膾，就棄官南歸。不久冏失敗，論者以為翰能識先機。張翰有句名言：“使我有身後名，不如即時一杯酒。”見《晉書・張翰傳》。

這三首詩裏充滿着抑鬱不平的情緒和進退之間的矛盾心理。第一首還有用世的雄心壯志；第二首痛感知己難得；第三首則心灰意懶而想終老醉鄉了。

長相思

樂府《雜曲歌辭》舊題，多寫思婦之情。

長相思，在長安。絡緯秋啼金井闌[1]。微霜淒淒簟色寒[2]。孤燈不明思欲絕，卷帷望月空長嘆[3]。美人如花隔雲端。上有青冥之高天[4]，下有淥水之波瀾[5]。天長路遠魂飛苦，夢魂不到關山難。長相思，摧心肝。

注釋

1 **絡緯**：舊有二説：一以為蟋蟀，一以為紡織娘，以後者為近。紡織娘，直翅目螽斯科昆蟲，體長五至七厘米，綠色或褐色，秋夜鼓翅，極像古紡織機發出“軋織、軋織”的聲音，淒緊攪人安眠。**金井闌**：井上闌干，多用堅美的木石製作，古詩中用“金井”、“玉牀”等來形容。

2 **簟**：竹席。

3 **帷**：窗簾。

4 **青冥**：青天。

5 **淥水**：清澈的流水。

這首詩一開始就指出思念的是長安，大概是李白遭讒被放還山後所作。李白對富貴榮華並未忘情，詩中“美人”，隱喻皇帝，和在《古風五十九首》中以美人自喻不同。

前有樽酒行二首

樂府《雜曲歌辭》舊題有《前有一樽酒》，原為祝賓主長壽，李白變其意為及時行樂。

其一

春風東來忽相過，金樽淥酒生微波[1]。落花紛紛稍覺多，美人欲醉朱顏酡[2]。青軒桃李能幾何，流光欺人忽蹉跎[3]。君起舞，日西夕[4]。當年意氣不肯傾，白髮如絲嘆何益！

注釋

1　淥酒：清酒。淥，水清貌。

2　酡：飲酒後臉色發赭。

3　流光：日月的光。"蹉跎"：虛度光陰。

4　日西夕：太陽西下漸近黃昏。

其二

琴奏龍門之綠桐[1]，玉壺美酒清若空[2]。催絃拂柱與君飲，看朱成碧顏始紅[3]。胡姬貌似花，當壚笑春風[4]。笑春風，舞羅衣，君今不醉將安歸。

注釋

1　**龍門**：即禹門口，在山西河津縣西北，黃河到此，兩岸峭壁對峙，形如雙闕，故名。《書．禹貢》："導河積石，至於龍門。" 傳説龍門上有桐樹，高百尺而無枝，古之琴工摯用來斫製為琴。見枚乘《七發》。

2　**清若空**：清澈透明的美酒盛在飲器裏，彷彿空無所有似的。

3　**看朱成碧**：形容醉後眼花撩亂，把紅色看成綠色。

4　**當壚**：站在壚邊，意即賣酒。"壚"，古時賣酒的地方，積土為壚，四邊隆起，一面略高，形如煅爐，用來放置酒甕。

日出入行

《日出入行》：漢《郊祀歌》有《日出入》篇，感慨日出入無窮而人命獨短，欲乘六龍飛昇成仙。

日出東方隈[1]，似從地底來。歷天又復入西海，六龍所舍安在哉[2]！其始與終古不息，人非元氣，安得與之久徘徊[3]。草不謝榮於春風，木不怨落於秋天[4]。誰揮鞭策驅四運[5]，萬物興歇皆自然。羲和[6]，羲和，汝奚汩沒於荒淫之波[7]？魯陽何德，駐景揮戈[8]？逆道違天[9]，矯誣實多[10]。吾將囊括大塊，浩然與溟涬同科[11]。

注釋

1 “日出”句：隈，同隅，邊側之地。詩意是太陽從東邊升起。

2 六龍：參見《蜀道難》注 6（頁 047）。舍：居住。

3 “人非”二句：元氣，我國古代思想家認為天地萬有都由元氣所構成，元氣是最基本的東西，沒有一定形狀。詩意是人並非元氣，不能和太陽一起運行不息。

4 “草不謝榮”二句：草木發芽或凋落，一任自然，既不感恩，也不怨懟。《莊子．大宗師》郭注："故聖人之在天下，暖焉若陽春之自和，故蒙澤者不謝；淒乎若秋霜之自降，故凋落者不怨。"

5　**四運**：春夏秋冬四時。

6　**羲和**：我國古代神話中駕馭日車的車夫。《初學記》引《淮南子．天文訓》："爰止羲和，爰息六螭。" 許慎注："日乘車，駕以六龍，羲和御之。"

7　**奚**：怎麼。**汩**（音骨）**沒**：沉淪。**荒淫**：浩渺無際。

8　**"魯陽" 二句**：《淮南子．冥覽訓》："魯陽公與韓搆難，戰酣，日暮，援戈而揮之，日為之反三舍。" 詩意是説，魯陽有何德何能，他一揮戈竟使太陽倒行三舍。

9　**逆道違天**：相當於現代語：違反自然規律。

10　**矯誣**：胡説八道。

11　**"吾將" 二句**：有《莊子》："萬物與我為一"、"大同於溟涬" 的意思。大塊，大地。溟涬（音銘幸），元氣。科，類。詩意是個人與大地合而不分，主觀世界與客觀世界融為一體。

這首詩用舊題而反其意，認為 "萬物興歇皆自然"，"不能逆天違道"，發揮了莊子思想。

胡無人

《相和歌‧瑟調三十八曲》中有《胡無人行》。

嚴風吹霜海草凋[1]，筋幹精堅胡馬驕[2]。漢家戰士三十萬[3]，將軍兼領霍嫖姚[4]。流星白羽腰間插[5]，劍花秋蓮光出匣。天兵照雪下玉關[6]，虜箭如沙射金甲。雲龍風虎盡交回[7]，太白入月敵可摧[8]。敵可摧，旄頭滅[9]，履胡之腸涉胡血。懸胡青天上，埋胡紫塞旁[10]。胡無人，漢道昌[11]。

注釋

1 **嚴風**：冬天的風。

2 **筋**：弓弦。**幹**：弓把。**驕**：馬壯貌。

3 **"漢家"句**：漢武帝元光二年（前 133），伏兵三十餘萬於馬邑（今山西朔縣）旁，御史大夫韓安國為護軍，護四將軍欲襲匈奴，匈奴單于發覺後引兵遁去。見《史記‧匈奴列傳》。

4 **嫖姚**：輕快貌。顏師古注為勁捷貌，荀悅《漢紀》寫作票鷂。唐人詩中多讀若飄搖，字亦作剽姚或票姚。漢武帝時，大將軍衛青姊子霍去病善騎射，受詔為票姚校尉。見《史記·衛將軍驃騎列傳》。

5 **白羽**：箭翎多用白色鳥羽製作，"白羽"就作為箭翎的異名。**流星**：形容白翎箭射出，急如流星飛過。

6 **天兵**：意為兵威如天之盛。**玉關**：玉門關，原在今甘肅敦煌縣西北小方盤城，六朝時移到安西縣雙塔堡附近，古代自西域輸入玉石取道於此，因過此即為西域。

7 **雲龍風虎**：兵陣名。古人以天、地、風、雲、龍、虎、鳥、蛇為八陣。**盡**：一作"晝"。**交回**：交鋒。

8 **太白**：即金星，又名啓明、長庚等。古代迷信太白星進入月亮，是大將被殺的朕兆。

9 **旄頭滅**：意即消滅胡人。旄頭，昴宿的別名，古代指為胡星。

10 **紫塞**：秦築長城，土紫色；漢代的邊城也是紫色，故稱。

11 **漢道**：漢代的國運。

這首詩，別本最後還有"陛下之壽三千霜，但歌大風雲飛揚，安用猛士守四方"三句，宋蘇轍以為意思不連貫。蕭士贇也認為到"漢道昌"，全篇已經完足。今從蕭說刪去後三句。又蕭士贇據段成式《酉陽雜俎》以為"太白入月敵可摧"是指安祿山之亂。王琦因有"天兵照雪下玉關"句而主張這首詩是開元天寶間屢有戰事於邊疆時所作。

北風行

鮑照有《北風行》，傷北風雨雪，行人不歸。

燭龍棲寒門，光耀猶旦開[1]。日月照之何不及此，惟有北風號怒天上來。燕山雪花大如席[2]，片片吹落軒轅臺[3]。幽州思婦十二月[4]，停歌罷笑雙蛾摧[5]。倚門望行人，念君長城苦寒良可哀。別時提劍救邊去，遺此虎文金鞞靫[6]。中有一雙白羽箭，蜘蛛結網生塵埃。箭空在，人今戰死不復回。不忍見此物，焚之已成灰。黃河捧土尚可塞[7]，北風雨雪恨難裁[8]！

注釋

1 **燭龍**：古代傳説中神物，人面龍身而無足，住在寒冷的北極之山，永遠不見太陽。它銜燭照射月亮，張眼為晝，閉眼為夜，吹氣為冬，吸氣為夏。見《淮南子．地形訓》和高誘注。

2 **燕山**：在今河北玉田縣西北，和北京市西北郊的西山、軍都山相接，沿着潮白河河谷向東延伸到山海關。這裏泛指戰國時燕國轄境內諸山，猶如秦山、楚山，並不是專指一山。

3 **軒轅臺**：在今河北省懷來縣喬山上。

4 **幽州**：古代幽州即今河北北部和遼寧一帶，唐時又稱范陽郡，屬河北道，治薊縣（在今北京市西南）。

5 **雙蛾**：雙眉。唐時崇尚蛾眉，保留至今的敦煌唐代壁畫供養人像猶可考見。

6 **鞞靫**（音丙差）：一說當作鞴靫（音夠差），或作步叉，箭袋。

7 **"黃河" 句**：《後漢書・朱浮傳》："此猶河濱之人，捧土以塞河津，多見其不知量也。" 此反其意。

8 **裁**：消除。

這首詩擬鮑照詩而廣其義，以哀念久戍不歸，戰死邊疆的士卒，意與《戰城南》同。

俠客行

趙客縵胡纓[1]，吳鉤霜雪明。銀鞍照白馬，颯沓如流星[2]。十步殺一人，千里不留行[3]。事了拂衣去[4]，深藏身與名。閑過信陵飲，脫劍膝前橫。將炙啖朱亥，持觴勸侯嬴[5]。三杯吐然諾，五岳倒為輕[6]。眼花耳熱後[7]，意氣素霓生[8]。救趙揮金槌，邯鄲先震驚。千秋二壯士，烜赫大梁城[9]。縱死俠骨香，不慚世上英。誰能書閣下，白首《太玄經》[10]。

注釋

1 **縵（音慢）胡纓**：縵胡之纓，沒有文采的粗製帽帶。見《莊子·說劍》。纓，帽帶。

2 **颯沓**：迅疾貌。

3 **"十步"二句**：《莊子·說劍》："臣之劍十步一人，千里不留行。"司馬彪曰："十步與一人相擊，輒殺之，故千里不留於行也。"千里不留行，極言所向無敵，形容其劍之鋒利。

4 **拂衣去**：淡然拂衣而別。

5　**“閑過”十二句**：用戰國時魏信陵君救趙故事。魏安釐王二十二年（前 297），秦圍趙都邯鄲，趙求救於魏，魏王畏秦，命大將晉鄙領兵駐鄴城，名為救趙，實意存觀望。魏公子信陵君有意救趙，用魏都大梁（今河南開封市）夷門監者侯嬴的計謀，通過魏王愛妾如姬偷到虎符，要去奪取晉鄙的兵權；因為考慮到晉鄙可能提出“將在外，君命有所不受”而拒絕交出兵權，又薦以屠者朱亥隨公子前去，以應急時之用。果然不出所料，晉鄙心存懷疑，不肯交權。朱亥用四十斤大椎椎殺晉鄙。信陵君奪得兵權，遂領晉鄙軍進攻秦軍，秦軍解圍而去，終於救了邯鄲，保存了趙國。見《史記·魏公子列傳》。將，持取。炙，一作“胬”，乾肉。啖，吃。

6　**“三杯”二句**：吐，吐露。然諾，應允。意即一言既定，重於五岳，與“一言為重百金輕”同。

7　**眼花耳熱**：酒酣狀。

8　**“意氣”句**：素霓，白虹。意即意氣慷慨，像白虹貫日。

9　**二壯士**：侯嬴、朱亥。**烜**（音喧）**赫**：光采照人貌，轉而言聲名盛大。

10　**《太玄經》**：揚雄於漢哀帝時仿《易經》作《太玄經》，參見《古風五十九首》其八注 4（頁 012）。

李白少時，任俠，習劍術。傳說他曾代人報仇而殺人。詩意表示不屑像揚雄那樣一輩子鑽在書堆裏，而深慕俠客侯嬴、朱亥的見義勇為。“縱死俠骨香，不慚世上英。”可見李白給予俠客極高評價。

關山月

《關山月》為樂府《鼓角橫吹曲》舊題，意為傷離惜別。

明月出天山[1]，蒼茫雲海間。長風幾萬里，吹度玉門關[2]。漢下白登道[3]，胡窺青海灣[4]。由來征戰地，不見有人還。戍客望邊色，思歸多苦顏。高樓當此夜，嘆息未應閑。

注釋

1　**天山**：古人把甘肅河西走廊與青海之間的祁連山和橫亙新疆境內的天山統稱為天山。匈奴語呼天為祁連，鮮卑語亦然。“明月出天山”：是説征人戍卒已經西越天山，回頭東顧，正見月亮從東面的天山頂上升起。

2　**玉門關**：參見《胡無人》注 6（頁 080）。

3　**白登道**：漢高祖七年（前 200），劉邦為匈奴精兵三十餘萬騎圍困於白登（在平城東南，今山西大同市東北有白登山，即其地），七日，糧絕。

4　**青海**：今青海省青海，隋時為吐谷渾地，唐高宗時為吐蕃所據，開元中在此與吐蕃屢有戰事。

獨漉篇

《獨漉篇》：晉代古詩有《獨漉篇》舊題。詩開首說："獨漉獨漉，水深泥濁。泥濁尚可，水深殺我。"是為父報仇之詞。"獨漉"：一作獨鹿，也作獨祿。一說是地名，在今河北省涿縣；一說是罜麗（小網）的同音詞。

獨漉水中泥，水濁不見月。不見月尚可，水深行人沒。越鳥從南來，胡雁亦北渡。我欲彎弓向天射，惜其中道失歸路。落葉別樹，飄零隨風。客無所託，悲與此同。羅幃舒卷[1]，似有人開。明月直入，無心可猜[2]。雄劍挂壁[3]，時時龍鳴[4]。不斷犀象[5]，繡澀苔生[6]。國恥未雪，何由成名。神鷹夢澤，不顧鴟鳶。為君一擊，鵬摶九天[7]。

注釋

1　**幃**：帳子。**舒卷**：帳子飄動開合的樣子。

2　**"明月"二句**：詩意是明月無心，直射入帳，無可猜疑。

3　**雄劍**：參見《古風五十九首》其十六注 1、注 5（頁 018）。

1　**龍鳴**：王嘉《拾遺記》："帝顓頊有曳影之劍，騰空而舒。若四方有兵，此劍則飛起，指其方則尅伐。未用之時，常於匣裏如龍虎之吟。"

5　**不斷犀象**：曹植《七啓》："陸斷犀象"，李周翰注："言劍之利也。犀象之獸，其皮堅。""斷犀象"是説劍能砍斷犀牛、大象。

6　**繡**：一作"羞"，疑為鏽之誤字。

7　**"神鷹"四句**：《太平廣記》："楚文王好獵，有人獻一鷹，王見其殊常，故為獵於雲夢之澤。毛羣羽族，爭噬共搏。此鷹瞪目，遠瞻雲際，俄有一物，鮮白不辨其形，鷹竦翮而升，矗若飛電。須臾，羽墮如雪，血下如雨。良久，有大鳥墜地，其兩翅廣十餘里，喙邊有黃，眾莫能知。時有博物君子曰：此大鵬雛也。"詩意是大丈夫當為國雪恥，立大功以成名，像神鷹不顧鴟鳶而獨擊九天的鵬雛。"鴟鳶"，俗呼老鷹或鷂鷹。詩中用來譬喻凡鳥。

這首詩以《獨漉篇》舊題立意，中易"為父報仇"為"為國雪恥"。王琦云："此詩依約古辭，當分六解，解各一意，峯斷雲連，似離似合，其體固如是也。若強作一意釋去，更無是處。"

于闐採花

陳、隋時曲舊題。

于闐採花人[1]，自言花相似。明妃一朝西入胡[2]，胡中美女多羞死。乃知漢地多明姝，胡中無花可方比。丹青能令醜者妍，無鹽翻在深宮裏[3]。自古妒蛾眉，胡沙埋皓齒[4]。

注釋

1　**于闐**：漢於闐在今新疆和田縣境。

2　**明妃**：王嬙，字昭君，晉避文帝司馬昭諱，以昭君為明君，又稱明妃。漢元帝後宮眾多，不得常見，使畫工圖形，按圖召幸。宮人多賄賂畫工，獨昭君不肯，因不得見。後匈奴來朝求美人，元帝按圖命昭君前往。臨行召見，相貌竟是後宮第一，舉止大方，又善於應對。元帝心裏後悔，又恐失信外國，只好忍痛不再換人。於是追查畫工納賄情事，施以嚴刑。見《西京雜記》。

3　**無鹽**：戰國時齊國一位相貌極醜的醜女。她頭像石臼，眼珠深陷，衝天鼻，大喉結，頸短粗，髮稀疏，腰彎，雞胸，長指大節，膚色漆黑，三十歲還沒人求婚。於是自己穿着短襖直接去見齊宣王，指手畫腳地亂嚷："危險呀！危險呀！"一連好幾次。宣王問有什麼危險。她回答說："大王的這個國家，西面有秦國可能打來，南面又和楚國有仇，外部有二國不友好，內部卻聚集着許多奸臣，百姓不滿意。您年已四十而無壯年的太子可以繼位，一旦發生意外，國家很難安定，這是危險之一；您貪圖享受，不惜竭盡民脂民膏，建造豪華的宮殿臺榭，滿足一己的窮奢極慾，百姓疲困已達極點，這是又一種危險；操守廉正、道德高尚的人都躲避不肯接近您，阿諛奉承、想撈好處的人卻成天在您身旁打轉，朝廷之上充斥着說假話、搞邪門歪道的傢伙，有人想提意見也苦於無路可通，這是第三種危險；夜以繼日地縱酒淫樂，外交內政都荒廢不治，這是第四種危險。又怎能怪我嚷危險呀、危險呀呢！"宣王聽了，深為感動，說：無鹽的話確是切中要害，自己到今天才知道已經陷入難以自全的處境。於是立即停建漸臺，廢止女樂，斥退諂諛的奸臣，訓練兵馬，充實財庫，廣開言路，歡迎直諫，立太子，拜無鹽為后。結果齊國大治，全國都歸功於醜女無鹽。見《新序》。

4 **蛾眉、皓齒**：美人的代稱，詩意隱喻有才德的人。

這首詩借王昭君遠嫁匈奴的故事，哀傷善良有才德的人受讒妒而被擯斥，善惡美醜倒置，李白正是在說自己。而"丹青能令醜者妍，無鹽翻在深宮裏"，反用無鹽故事，自出新意，更是感慨無限。

王昭君二首（錄一）

古《相和歌．吟嘆四曲》之二為《王明君》。

其一

漢家秦地月，流影照明妃[1]。一上玉關道[2]，天涯去不歸。漢月還從東海出，明妃西嫁無來日。燕支長寒雪作花[3]，蛾眉憔悴沒胡沙。生乏黃金枉圖畫，死留青塚使人嗟[4]。

注釋

1　**明妃**：參見《于闐採花》注 2（頁 088）。

2　**玉關**：即玉門關，參見《胡無人》注 6（頁 080）。

3　**燕支**：山名，即焉支山，也作胭脂山。在甘肅永昌縣西、山丹縣東南，綿延於祁連、龍首二山之間。漢時為武威、張掖兩郡接壤之地，傳說本為匈奴王庭。

4　**青塚**：在今內蒙古呼和浩特市南，傳昭君死後葬此，地多白草，此塚獨青，故名。

漢時匈奴單于實居今內外蒙古境內，欲通匈奴，大抵經過雲中（秦郡名、治雲中，在今內蒙古托克托東北）、五原（漢郡名，治九原，在今包頭市西北）、朔方（漢郡名，治朔方，在今內蒙古杭錦旗北）等地，當即明妃北行所出。詩中"玉關"、"燕支"，都在通西域道上，地理上是錯誤的，顧炎武已予指出。但信筆成詩，只要意境相合，似乎無須細考。

荊州歌[1]

白帝城邊足風波[2]，瞿塘五月誰敢過[3]。荊州麥熟繭成蛾，繰絲憶君頭緒多[4]，撥穀飛鳴奈妾何[5]。

注釋

1 **荊州**：唐時荊州屬山南東道，下轄江陵、枝江、當陽、長林、石首、松滋、公安、荊門八縣，天寶元年（742）改為江陵郡，治江陵，在今湖北江陵縣。

2 **白帝城**：在四川奉節縣東山上，西臨大江，三國時蜀先主劉備在此築永安宮。**足**：充滿，都是。

3 **瞿塘**：峽名，與巫峽、西陵峽合稱三峽。在四川奉節縣東一里，也稱夔門，雙崖對峙，中為灩澦堆，江流迴旋激蕩，有"灩澦大如馬，瞿塘不可下。灩澦大如牛，瞿塘不可留"的諺語。

4 **"繰絲"句**：和"心亂如麻"的意思相近。

5 **撥穀**：一般作布穀，大杜鵑，也叫鳲鳩、郭公。上體暗灰色，腹面滿具橫斑，體形似隼而較小。鳴聲似 kuk-kwok，kuk-kwok，民間傳說是"快刀割麥"、"快快布穀"、或"快快歸家"。常在清晨一直鳴叫，每分鐘二十四至二十六次之多，約叫半小時才停下。性怯，常隱於深林密葉間，因此其聲可聞而其鳥很難看到。

這首詩描寫的是妻子在春盡夏初時節，對冒險遠遊的丈夫的思念。

白頭吟

漢司馬相如將娶茂陵女子作妾，其妻卓文君賦《白頭吟》，以示訣絕，相如只好中止其事。卓氏原詞云："皚如山上雪，皎若雲間月。聞君有兩意，故來相訣絕。今日斗酒會，明日溝水頭。躞蹀御溝上，溝水東西流。淒淒重淒淒，嫁娶不須啼。願得一心人，白頭不相離。"

錦水東北流[1]，波蕩雙鴛鴦[2]。雄巢漢宮樹，雌弄秦草芳。寧同萬死碎綺翼[3]，不忍雲間兩分張[4]。此時阿嬌正嬌妒，獨坐長門愁日暮[5]。但願君恩顧妾深，豈惜黃金買詞賦。相如作賦得黃金，丈夫好新多異心。一朝將聘茂陵女，文君因贈《白頭吟》。東流不作西歸水，落花辭條羞故林。兔絲故無情[6]，隨風任傾倒。誰使女蘿枝[7]，而來強縈抱。兩草猶一心，人心不如草。莫捲龍鬚席[8]，從他生網絲。且留琥珀枕[9]，或有夢來時。覆水再收豈滿杯[10]，棄妾已去難重回。古來得意不相負，只今惟見青陵臺[11]。

注釋

1 **錦水**：即錦江，經四川成都市郊東南流，傳說用此水濯錦色澤鮮明，故稱。司馬相如與卓文君同居成都，所以這首詩用"錦江"起興。

2 **鴛鴦**：參見《古風五十九首》其十八注 9（頁 020）。此鳥平時成對生活，從不分離，其一死去，則從此獨居，所以又稱匹鳥。

3 **綺翼**：有文采的翅膀。

4 **分張**：分飛，分離。

5 **"此時"二句**：阿嬌，漢武帝陳皇后的小名。司馬相如《長門賦序》："孝武皇帝陳皇后時得幸，頗妒，別在長門宮，愁悶悲思。聞蜀郡成都司馬相如，天下工為文，奉黃金百金為相如、文君取酒，因於解悲愁之辭。而相如為文以悟主上，皇后復得親幸。"

6 **兔絲**：旋花科，一年生纏繞寄生草本，莖細柔，呈絲狀，橙黃色。生有吸盤，隨處附着寄生於豆科、菊科、藜科等植物。葉退化或無，夏秋開小白花，常簇生莖側。

7 **女蘿**：《廣雅．釋草》："女蘿，松蘿也。"地衣門松蘿科松蘿屬。又《毛傳》："女蘿，兔絲也。"把松蘿和菟絲相混。菟絲和女蘿都是寄生植物，互相依附而生，很容易被視作一物。古代詩歌裏常用來比喻夫婦和情人難解難分的關係和情意。

8 **龍鬚席**：用龍鬚草編的席。龍鬚草，即石龍芻，燈心草科多年生草本，生水田中，莖圓而細長，高六十到一百厘米，形態與燈心草相似而莖較短，且中無白髓，可織成席。

9　**琥珀**：某些天然樹脂的化石，用作裝飾品。《西京雜記》："趙飛燕女弟遺飛燕琥珀枕。"

10　**"覆水"句**：傳說周封呂尚於齊，將就國，路遇前妻，要求復婚，她原是嫌棄呂尚貧窮而離去的。呂尚把一盆水潑在地上，說：不能重合，猶如覆水難收。

11　**青陵臺**：《獨異志》引《搜神記》：宋康王想奪取韓朋的美妻，讓朋築青陵臺，然後把朋殺死。朋妻到臺前哀弔，投身臺下自殺。康王就把韓朋夫妻分埋在臺之左右。一年後，臺的兩旁各長出一棵梓樹，成長後枝條相交，有二鳥在上面棲息哀鳴，人因稱之為相思樹。青陵臺故址，一說在山東鄆城縣，一說在河南封丘縣，似以後說為是。

這首詩是有感於人情喜新厭舊，雖以司馬相如與卓文君情愛的深篤，相如還為陳皇后作賦諷諫過漢武帝，但仍不免有娶茂陵女子的妄念，只有韓朋妻不屑宋康王的寵幸，以死殉情。人們的愛情固然很多是真摯長久、生死不渝的，卻還不及鳥類的鴛鴦，植物的兔絲女蘿。古人以臣妾並舉，君主對后妃、對臣下，往往恩怨無常，難於捉摸。李白這首詩也可能有自況之意。

採蓮曲

《採蓮曲》起於梁武帝蕭衍父子，後世多擬作。

若耶溪旁採蓮女[1]，笑隔荷花共人語。日照新妝水底明，風飄香袂空中舉。岸上誰家遊冶郎[2]，三三五五映垂楊。紫騮嘶入落花去[3]，見此踟躕空斷腸[4]。

注釋

1 **若耶溪**：在浙江紹興縣東南二十八里，傳春秋越國女子西施曾在此採蓮。

2 **遊冶**：即冶遊，尋覓姣美的女伴，後世專指挾妓。

3 **紫騮**：毛色棗紅的良馬。

4 **踟躕**：猶豫不前貌。

結韈子

北魏溫子昇有《結韈子》詩，似為北魏時曲名。

燕南壯士吳門豪，筑中置鉛魚隱刀[1]。感君恩重許君命，太山一擲輕鴻毛[2]。

注釋

1 “燕南”二句：燕南壯士，高漸離，本戰國燕太子丹的賓客，荊軻刺秦王不成，燕為秦所滅。漸離改變姓名，為人傭工，躲在宋子家中，有時擊筑而歌，聲音悲 ，聽者無不下淚。秦始皇聞知，下令召見，後經熟人指認告發，秦王愛漸離善於擊筑，破格予以赦罪，但挖掉了他的雙眼，讓他專門擊筑。漸離乘與秦始皇日見接近的機會，在筑裏灌鉛，等候始皇挨近，舉筑撲擊，不中，被殺。吳門豪，春秋時，伍子胥知道吳國的公子光有意要殺死吳王僚，向公子光推薦專諸。定計由公子光宴請王僚，既醉，專諸偽作上菜，用預藏在魚腹裏的匕首刺死王僚，專諸也為左右所殺。均見《史記．刺客列傳》。吳門，今江蘇蘇州市的別稱。

2 “太山”句：《燕丹子》：“烈士之節，死有重於太山，有輕於鴻毛者，但問用之所在耳。”

這首詩的中心思想是“士為知己者死”。李白讚美高漸離、專諸等俠客義士，寄託自己不惜一死，以報答君王恩遇的悲壯感情。

長干行二首[1]（錄一）

樂府《雜曲歌》舊題有《長干曲》。

其一

妾髮初覆額[2]，折花門前劇[3]。郎騎竹馬來，遶牀弄青梅。同居長干里，兩小無嫌猜。十四為君婦，羞顏未嘗開。低頭向暗壁，千喚不一回。十五始展眉，願同塵與灰[4]。常存抱柱信[5]，豈上望夫臺[6]。十六君遠行，瞿塘灩澦堆[7]。五月不可觸[8]，猿聲天上哀[9]。門前遲行跡[10]，一一生綠苔。苔深不能掃，落葉秋風早。八月胡蝶來，雙飛西園草。感此傷妾心，坐愁紅顏老。早晚下三巴[11]，預將書報家。相迎不道遠，直至長風沙[12]。

注釋

1　長干：劉逵《吳都賦》注："建鄴南五里有山岡，其間平地，吏民雜居，號長干。中有大長干、小長干，皆相連。大長干在越城東，小長干在越城西，地有長短，故號大、小長干。”今江蘇南京市中華門外有長干里，即其地。

2 **妾**：古時女子自稱。**髮初覆額**：女孩尚未束髮時。

3 **劇**：嬉戲。

4 **“願同”句**：但願像塵和灰似地和合在一起，不能區分。

5 **抱柱信**：古有名叫尾生的人和所愛女子相約於橋下。女子不來而山洪暴發，尾生守約不離去，終於抱橋柱溺死。見《莊子・盜跖》。

6 **望夫臺**：山名，在四川忠縣南數十里，傳說有女子思念遠行的丈夫，天天登山瞭望，化而為石。

7 **瞿塘灩滪堆**：參見《荊州歌》注 3（頁 092）。灩滪堆，也作“淫豫堆”，在四川長江三峽之一的瞿塘峽口，矗立江心，舊時為舟行所忌，解放後灩滪堆已經炸平，瞿塘峽不再為航運畏途了。

8 **不可觸**：梁簡文帝《淫豫歌》有句云：“淫豫大如襆，瞿塘不可觸。”

9 **“猿聲”句**：《水經注・江水》：“每至晴初霜旦，林寒澗肅，常有高猿長嘯，屬引淒異。空谷傳響，哀轉久絕。故漁者歌曰：巴東三峽巫峽長，猿鳴三聲淚沾裳。”

10 **遲**：等候。

11 **三巴**：東漢末益州牧劉璋分巴郡為永寧、固陵、巴三郡，後改為巴、巴東、巴西三郡，相當於今四川嘉陵江、綦江流域以東大部分地區。

12 **長風沙**：地名，在今安徽安慶市東約一百九十里的江邊。

這首詩寫一位生長在南京的青年女子，思念婚後第三年就遠行入蜀的丈夫，極富感情。

古朗月行

樂府《雜曲歌辭》舊題有《朗月行》。

小時不識月，呼作白玉盤。又疑瑤臺鏡[1]，飛在青雲端。仙人垂兩足，桂樹何團團[2]。白兔擣藥成[3]，問言與誰餐。蟾蜍蝕圓影[4]，大明夜已殘。羿昔落九烏，天人清且安[5]。陰精此淪惑[6]，去去不足觀。憂來其如何，悽愴摧心肝[7]。

注釋

1　**瑤臺**：參見《古風五十九首》其二注 1（頁 005）。

2　**"仙人"二句**：傳說月亮裏有仙人和桂樹，月亮從月牙逐日變圓，最先出現仙人的雙足，後來露出桂樹。到月亮變圓，才能看見兩者的全形。見《初學記》引虞喜《安天論》。

3　**白兔**：傳說月亮裏有白兔擣藥，見傅玄《擬天問》。

4　**蟾蜍**：參見《古風五十九首》其二注 1（頁 005）。

5　**"羿昔"二句**：傳說堯時天上有十個太陽，每個太陽裏面有一隻烏，曬得草木枯焦。堯派善射者羿射掉九個太陽，九隻烏也同時射死，翅毛紛紛落到地上。見《楚辭・天問》

王逸注和《淮南子·本經訓》。後來就用“烏”作為太陽的同義詞。詩意把蛤蟆食月比作君主受人蒙蔽，朝政腐敗，希望有羿這樣的人物出世，像射落九個太陽似地清除奸佞。

6　**陰精**：月亮。古稱月亮為太陰，是陰氣所聚。**淪惑**：不清明。

7　**“悽愴”句**：哀傷得心肝迸裂。

這首詩以月為喻，對君主昏暗，抒發憤懣和哀傷，可與《古風五十九首》其二並讀。

獨不見

樂府《雜曲歌辭》舊題，言思念而不得相見。

白馬誰家子？黃龍邊塞兒[1]。天山三丈雪，豈是遠行時。春蕙忽秋草[2]，莎雞鳴曲池[3]。風催寒梭響，月入霜閨悲。憶與君別年，種桃齊蛾眉。桃今百餘尺，花落成枯枝。終然獨不見，流淚空自知。

注釋

1 **黃龍**：古城名，又作龍城，前燕慕容皝築。《水經注·大遼水》引《魏土地記》："黃龍城西南有白狼河，東北流，附城東北下。"地在今遼寧朝陽縣。這裏和下一句的"天山"都是泛指邊塞地區。

2 **蕙**：蘭的一種，參見《古風五十九首》其五十二注 4（頁 036）。

3 **莎雞**：即絡緯，參見《長相思》注 1（頁 073）。

妾薄命

樂府《雜曲歌辭》舊題，多詠女子哀怨。封建社會裏，女子比男子更多受一重壓迫，生活更為悲苦。詩人自嘆際遇坎坷，往往借題發揮。

漢帝重阿嬌，貯之黃金屋[1]。咳唾落九天，隨風生珠玉。寵極愛還歇，妒深情卻疏。長門一步地[2]，不肯暫迴車。雨落不上天，水覆難再收[3]。君情與妾意，各自東西流。昔日芙蓉花，今成斷根草[4]。以色事他人，能得幾時好？

注釋

1　**"漢帝"二句**：阿嬌，漢武帝陳皇后小名。《漢武故事》："武帝數歲，長公主抱置膝上，問曰：'兒欲得婦否？'指左右長御數百人，皆曰：'不用。'指其女阿嬌好否？笑對曰：'好！若得阿嬌作婦，當作金屋貯之。'長公主大悦，乃苦要上，遂成婚焉。"參見《白頭吟》注5（頁095）。

2　**長門**：漢宮名。陳皇后廢居於此。參見《白頭吟》注5（頁095）。

3　**“水覆”句**：《拾遺記》：“太公望初娶馬氏，讀書不事產。馬求去。太公封齊，馬再求合。太公取水一盆，傾於地，令婦收水，惟得其泥。太公曰：‘若能離更合，覆水定難收。’”

4　**“昔日”二句**：芙蓉花，荷花的別名。《爾雅．釋草》：“荷，芙蕖。”注：“別名芙蓉。”荷一梗生歧枝而開兩花，稱為並蒂蓮，用來比喻夫妻。斷根草，一作“斷腸草”。王琦認為從立意取義着眼，斷腸不如斷根更為恰切。

幽州胡馬客歌

梁《鼓角橫吹曲》舊題有《幽州馬客吟》。

幽州胡馬客[1]，綠眼虎皮冠。笑拂兩隻箭，萬人不可干。彎弓若轉月，白雁落雲端[2]。雙雙掉鞭行[3]，游獵向樓蘭[4]。出門不顧後，報國死何難。天驕五單于[5]，狼戾好凶殘[6]。牛馬散北海[7]，割鮮若虎餐[8]。雖居燕支山[9]，不道朔雪寒。婦女馬上笑，顏如赬玉盤。翻飛射鳥獸，花月醉雕鞍。旄頭四光芒[10]，爭戰若蜂攢[11]。白刃灑赤血，流沙為之丹。名將古誰是？疲兵良可嘆。何時天狼滅[12]，父子得安閑。

注釋

1 幽州：古九州之一，《爾雅．釋地》："燕曰幽州。" 燕指戰國燕地，在今河北北部和遼寧一帶。漢武帝置十三刺史部，其一為幽州，治薊縣（今北京城西南）。唐轄境相當於今北京市市區及所轄通縣、房山、大興加以河北武清、永清、安次等縣地。

2　**白雁**：似鴻而小，色白，氣候溫暖時在北方繁殖，嚴寒季節南遷越冬，是著名的候鳥。秋風起，常數十百隻排成整齊的一字或人字形，掠空而過，稱為雁陣。鳴聲瞭亮，稱為雁唳。性機警，《古禽經》說："夜棲川澤中，千百為羣，有一雁不瞑，以警眾也。"

3　**掉鞭**：猶搖鞭。

4　**樓蘭**：漢西域國名，在今新疆羅布泊西南，靠近若羌一帶。

5　**天驕**：《漢書・匈奴傳》："南有大漠，北有強胡；胡者，天之驕子也。" **五單（音善）于**：匈奴虛閭權渠單于病死，右賢王屠耆堂代立。骨肉大臣立虛閭權渠單于子為呼韓邪單于，擊殺屠耆堂，諸王都自立，分為五單于，相互殘殺，死者以萬數。見《漢書・宣帝紀》。

6　**狼戾**：猶言貪戾，狼性貪而乖戾，見《漢書・嚴助傳》顏師古注。

7　**北海**：今俄羅斯西伯利亞貝加爾湖。《漢書・蘇武傳》："徙武北海上無人處，使牧羝。"

8　**鮮**：新宰的禽畜。

9　**燕支山**：參見《王昭君》注 3（頁 090）。

10　**旄頭**：即髦頭，昴宿的別稱。古人以昴七星為胡星，在金牛座內，為二十八宿之一。

11　**攢**：聚集。

12　**天狼**：星名，即大犬座的 a 星。《晉書・天文志》："狼為野將，主侵掠。"

這首詩，李白就樂府舊題立意，傾訴自己對邊事的關心。

東海有勇婦

代《關中有貞女》

《晉書・樂志》云：鞞舞舊曲五篇，其一為《關東有賢女》，辭已亡。"關中有貞女"當是"關東有賢女"之誤。

梁山感杞妻，慟哭為之傾[1]。金石忽暫開，都由激深情。東海有勇婦，何慚蘇子卿[2]。學劍越處子[3]，超騰若流星。捐軀報夫讎，萬死不顧生。白刃耀素雪，蒼天感精誠。十步兩躩躍[4]，三呼一交兵。斬首掉國門[5]，蹴踏五藏行[6]。豁此伉儷憤[7]，粲然大義明[8]。北海李使君[9]，飛章奏天庭[10]。捨罪警風俗，流芳播滄瀛[11]。名在列女籍[12]，竹帛已光榮[13]。淳于免詔獄，漢主為緹縈[14]。津妾一棹歌，脫父於嚴刑[15]。十子若不肖，不如一女英。豫讓斬空衣[16]，有心竟無成。要離殺慶忌[17]，壯夫所素輕。妻子亦何辜，焚之買虛聲[18]。豈如東海婦，事立獨揚名。

注釋

1　**“梁山”句**：齊莊公襲莒，杞梁殖戰死，其妻在城下撫屍痛哭了十天，把城牆哭倒。事載《列女傳》。一説把梁山哭倒。曹植《精微篇》：“杞妻哭死夫，梁山為之傾。”李白從後説。

2　**蘇子卿**：漢蘇武，字子卿。王琦云：“蘇子卿無報讎殺人事。以此相擬，殊非倫類。按曹植《精微篇》：‘關東有賢女，自字蘇來卿。壯年報父仇，身沒垂功名。’是知‘蘇子卿’，乃‘蘇來卿’之誤也。”

3　**越處子**：相傳越國南林有一處女，曾應越王之聘，傳授劍術。見《吳越春秋》。

4　**躞躍**：跳躍。

5　**掉**：搖。引申有從容自在之意，如掉鞭、掉鞅、掉臂等。詩意是從容地斬得仇頭於國門之前。

6　**蹴**：踢。**藏**：同“臟”。詩意是把敵人的五臟連踢帶踏地向前移動。

7　**伉儷**：伉，敵體；儷，配偶。古人用伉儷稱呼夫妻。**豁**：捐除。豁憤，猶言消除怨憤。

8　**粲然**：鮮明貌。

9　**北海李使君**：與李白同時有李邕，為北海太守（今山東益都縣），人稱李北海，詩中提到“李北海”，清人王琦以為即係此人。如果確鑿，則李白這首詩是借舊題來詠時事。

10　**飛章**：因緊要事情而急報皇帝的奏章。

11　**滄瀛**：東方濱海地區；一説“滄”是“滄州”，“瀛”是瀛州，兩者一在今河北滄縣，一在今河北河間，都和北海相距較近。這裏是説聲名遠播到鄰近的州郡。

12 **“名在”句**：指事跡被記載在《列女傳》中。列女籍，漢劉向作《列女傳》，記載有德有才的女子的事跡，作為女子學習的榜樣。

13 **竹帛**：一般泛稱史冊。古時在竹簡和素帛上寫字作記錄。

14 **“淳于”二句**：漢文帝時齊太倉令淳于意因罪繫長安獄，他的小女兒緹縈上書，自願沒為官婢代父受刑。漢文帝很是感動，下詔廢除肉刑。見《漢書．刑法志》。

15 **“津妾”二句**：春秋時晉趙簡子攻楚，吩咐渡口小吏備船，不料小吏大醉，沒能照辦。趙簡子到渡口要殺小吏。小吏有女名娟，用巧妙的言辭打動了趙簡子，小吏得免死。後來娟親自划船送趙簡子過河，到中流，唱起《河激》之歌。趙簡子非常高興，就娶娟為夫人。見《列女傳》。

16 **“豫讓”句**：戰國初期，晉智伯為趙襄子所殺，他的舊部豫讓想刺殺趙襄子為智伯報仇，兩次都被趙襄子發覺而逮捕。豫讓自知成功無望，要求讓他擊刺趙襄子的衣服，趙襄子使人拿衣服給他。豫讓遂“拔劍三躍，呼天擊之”，然後伏劍自刎而死。見《戰國策．趙策》。

17 **“要離”句**：春秋時，吳公子光既刺殺王僚自立，是為吳王闔閭。僚子慶忌逃往衞國。闔閭派要離偽作得罪出奔，謀刺慶忌。為釋慶忌之疑，要離自請於出奔後把他的妻子誅死。要離後來果然刺殺了慶忌，但他十分後悔，投江自殺未遂，又自斷手足，伏劍而死。見《吳越春秋》。

18 **虛聲**：空名。

這首詩是李白借舊題詠時事，其中“何慚蘇子卿”句用蘇武來比配東海勇婦，王琦以為不倫。拙見以為從節操着眼，於義也不是不可通，不必襲曹植《精微篇》改“蘇子卿”為“蘇來卿”。

黃葛篇[1]

黃葛生洛溪[2]，黃花自綿冪[3]。青煙蔓長條，繚繞幾百尺[4]。閨人費素手，採緝作絺綌[5]。縫為絕國衣[6]，遠寄日南客[7]。蒼梧大火落[8]，暑服莫輕擲。此物雖過時，是妾手中跡。

注釋

1　**黃葛**：苧麻的別稱。蕁麻科半灌木，莖高達二米。莖皮纖維可製夏布。在中國久經栽培。王琦注："葛花紅紫，而此云'黃花'，恐誤。"按苧麻雌花生花序上部，黃綠色，太白實無誤也。

2　**洛溪**：即洛澤。《楚辭·九思》："冰凍兮洛澤。"注："洛，竭也，寒而水澤竭成冰。""洛溪"就是枯竭的溪澗，黃葛性耐旱，能在這裏生長。古《前溪歌》："黃葛結蒙籠，生在洛溪邊。"

3　**綿冪**：即綿密，密集互相覆蓋的樣子。

4　**"繚繞"句**：黃葛高不過二米，這句和"白髮三千丈"一樣，也是藝術誇張的手法。

5　**絺綌**：《說文》："絺，細葛也；綌，粗葛也。"

6　**絕國**：遙遠而文化不相通的外國。

7 **日南**：漢武帝時，以今越南中部北起橫山，南抵大嶺地區置郡，治所設西捲，在今越南廣治省廣治河與甘露河合流的地方。唐時為驩州。

8 **“蒼梧”四句**：蒼梧，漢武帝時以今兩廣和湖南交界地區置郡，治所設廣信，在今廣西梧州市。大火，即心宿二，相當於今天蝎座的 a 星，一等星，色紅如火，夏季見於南方，入秋轉於西方。《詩．豳風．七月》：“七月流火”，即指此星。最後四句是說：給你寄去的夏衣，因為路途遙遠，收到時也許已經秋涼而用不上了，但這是我親手縫製的，不要輕易棄置才好。暗含女子漸入老境，希望丈夫眷念年青時的恩愛，能夠長久廝守的意思。

塞下曲六首

《晉書．樂志》：李延年因胡曲更造新聲二十八解，乘輿以為武樂，中有《出塞》、《入塞》；唐人《塞上》、《塞下》二曲，即出於此。

其一

五月天山雪[1]，無花只有寒。笛中聞《折柳》，春色未曾看[2]。曉戰隨金鼓[3]，宵眠抱玉鞍。願將腰下劍，直為斬樓蘭[4]。

注釋

1 **天山**：參見《關山月》注 1（頁 085）。天山頂上積雪，夏天也溶化不完，稱為萬年雪。

2 **"笛中"二句**：《折柳》，李延年因胡曲更造新聲二十八解中有《折楊柳》，見《晉書．樂志》。又《白帖》："笛有《折楊柳》之曲。"詩意是聽到笛聲吹起《折楊柳》曲，時序已進入清明，但天山積雪皚皚，看不到花花草草的春天景色。

3　**金鼓**：戰鬥中用來號令進退的鼓聲。一説作"鳴金收軍，擊鼓進軍"解釋，則"金鼓"為兩物，不能與"玉鞍"（一物）成對。

4　**樓蘭**：參見《幽州胡馬客歌》注4（頁108）。這裏用漢大將軍霍光派傅介子以詐殺樓蘭王的故事。見《漢書．傅常鄭甘陳段傳》。

其二

天兵下北荒[1]，胡馬欲南飲。橫戈從百戰[2]，直為銜恩甚[3]。握雪海上餐[4]，拂沙隴頭寢。何當破月氏[5]，然後方高枕[6]。

注釋

1　**北荒**：北方荒涼的邊地。

2　**戈**：兵器，平頭戟。

3　**銜恩**：感恩。

4　**"握雪"句**：後漢時，段熲追逐入侵張掖的殘餘羌人，邊戰邊進，晝夜不停，割肉飲雪四十餘天，到達黃河源的積石山，出塞二千餘里。見《後漢書．皇甫張段列傳》。

5　**月氏**（音肉支）：古部族名。秦漢之際本在敦煌、祁連一帶遊牧，為匈奴所攻，一部分在漢文帝初年西遷到今伊犁河上游，稱大月氏；未西遷的進入祁連山區和羌人雜居，稱小月氏。

6　**高枕**：《漢書．匈奴傳》："北狄不服，中國不得高枕安寢也。"

其三

駿馬似風飆[1]，鳴鞭出渭橋[2]。彎引辭漢月，插羽破天驕[3]。陣解星芒盡[4]，營空海霧消。功成畫麟閣[5]，獨有霍嫖姚。

注釋

1　**飆**（音標）：暴風。

2　**鳴鞭**：響着馬鞭。馬鞭用富有彈性的篠竹製成，頂端縛以細繩，揮鞭在空中使勁一轉，會發出激越的音響，使馬聞聲疾馳。**渭橋**：秦漢時在今陝西咸陽高陵附近的渭河上，有東、中、西三橋，古來單呼渭橋，多指中渭橋。

3　**插羽**：古稱徵集軍隊的文書為"羽檄"，把鳥羽插在檄書上，表示緊急迅速的意思。但羽也可以作箭解，如"平明尋白羽"，因此彎弓插羽也可以作弓出鞘、箭上弦的解釋。**天驕**：參見《幽州胡馬客歌》注 5（頁 108）。

4　**星芒盡**：意為兵氣消，戰事停息。芒，星光。《後漢書．天文志中》："客星芒氣白為兵。"

5　**麟閣**：麒麟閣，漢蕭何造。據《漢書．蘇武傳》：甘露三年（前 51 年）曾圖畫霍光等功臣十一人像，陳列於麒麟閣。

這首詩歌詠出師破敵，末兩句感嘆圖形麒麟閣的只有大將一人，不及浴血殺敵的千萬士卒。用一"獨"字，傳出立意所在，比之"一將功成萬骨枯"，用辭既婉轉而意義更深刻。

其四

白馬黃金塞，雲沙繞夢思[1]。那堪愁苦節，遠憶邊城兒。螢飛秋窗滿，月度霜閨遲。摧殘梧桐葉，蕭颯沙棠枝[2]。無時獨不見，淚流空自知。

注釋

1　**黃金塞**：邊塞黃沙瀰漫，故稱。下句用"雲沙"是對"黃金塞"的補充申説。或以為邊塞地名，不詳何處。

2　**沙棠**：《山海經．西山經》："昆侖之丘，有木焉，其狀如棠，黃華赤實，其味如李，無核，名曰沙棠。可以禦水，食之使人不溺。"已不能確指是何種植物。全首寫女子在秋夜思念戍邊的丈夫。

其五

塞虜乘秋下，天兵出漢家。將軍分虎竹[1]，戰士卧龍沙[2]。邊月隨弓影，胡霜拂劍花。玉關殊未入，少婦莫長嗟[3]。

注釋

1 **虎竹**：虎指銅虎符，竹為竹使符，都是漢代徵發軍隊所用的符信。《漢書．文帝紀》："初與郡守為銅虎符、竹使符。"應劭曰："銅虎符第一至第五，國家當發兵，遣使者至郡合符，符合乃聽受之。竹使符者，以竹箭五枚，長五寸，鐫刻篆書第一至第五。"顏師古注："與郡守為符者，謂各分其半，右留京師，左以與之。"

2 **龍沙**：白龍堆的別稱，即今新疆塔克拉瑪干大沙漠。

3 **"玉關"二句**：玉關，玉門關。漢武帝太初元年（前 104）封李廣利為貳師將軍，率領屬國馬兵六千和郡國無賴惡少年數萬人往大宛（今中亞費爾干納盆地）貳師城取良馬，至郁城，郁城拒不接待，只好退回敦煌，往返兩年，剩下軍士只及十之一二。上書請罷兵。武帝大怒，遣使到玉門關攔阻，宣稱：有敢入玉門關者，斬。李廣利心懷恐懼，就留駐敦煌。武帝又赦免一批囚犯和惡少年，加以戍卒湊成六萬人，外加隨軍走私的商人，仍由李廣利率領再從敦煌西征。到大宛都城，碰上大宛國內發生叛亂，大宛王被殺，李廣利取得良馬幾十匹，中馬以下公母共三千匹，還軍進入玉門關，生還僅一萬餘人。見《漢書·張騫李廣利傳》和《漢書·西域傳上》。末兩句詩意是玉門關還不讓進入，征人的年輕妻子老是嘆氣，又有什麼用呢！

其六

烽火動沙漠，連照甘泉雲[1]。漢皇按劍起，還召李將軍[2]。兵氣天上合，鼓聲隴底聞[3]。橫行負勇氣，一戰靜妖氛。

注釋

1 **"烽火"二句**：詩意是邊遠的沙漠地區發生寇警，燃起烽火，使長安附近天上的雲也發紅了。甘泉，漢宮名，在今陝西淳化縣甘泉山。《史記·匈奴列傳》："胡騎入代句注邊，烽火通於甘泉、長安。"

2 **"漢皇"二句**：詩意是漢武帝得到邊警，才想到大將李廣。匈奴稱李廣為飛將軍。參見《古風第五十九》其六注 9（頁010—011）。

3 **隴底**：大阪之下。隴，大阪，山坡。

這六首詩描述邊疆戰爭中將士們的英勇壯烈，而隱含反對不義之戰，即老病民的主張，是唐玄宗貪圖邊功，窮兵黷武的時代背景的產物。

玉階怨

玉階生白露[1]，夜久侵羅韈。卻下水精簾[2]，玲瓏望秋月[3]。

注釋

1　**玉階**：白石臺階。

2　**水精簾**：用水晶或玻璃珠編成的透明的簾子。

3　**玲瓏**：透明貌。

這首詩描寫秋夜在階前望月的一位單身女子，時間久了，不覺露水沾濕了羅韈。回房下了水精簾，仍然對着透過簾子的月色不能入睡。全首沒有一個幽怨的字眼，卻能使人於字面之外感到無盡的幽怨之情。古代詩歌要求溫柔敦厚，這是一個典型的例子，無怪有人讚為"聖於詩"了。

襄陽曲四首

《襄陽曲》即《襄陽樂》，傳為劉宋隨王誕在雍州，聞女子歌謠而作。歌詞是："朝發襄陽來，暮至大堤宿。大堤諸女兒，花艷驚郎目。李白用舊題而立新意。

其一

襄陽行樂處，歌舞《白銅鞮》[1]。江城回淥水[2]，花月使人迷。

注釋

1　**《白銅鞮》**：《隋書．音樂志》："梁武帝之在雍鎮，有童謠曰：'襄陽白銅蹄，反縛揚州兒。' 識者言銅蹄謂馬也，白，金色也。及義師之興，實以鐵騎，揚州之士皆面縛，如謠言。故即位之後，更造新聲。帝自為之詞三曲，又命沈約為三曲，以被絃管。" "蹄"，後人改為 "鞮"，不詳其義。

2　**淥水**：清澈的水。

其二

山公醉酒時，酩酊高陽下。頭上白接䍦，倒著還騎馬[1]。

注釋

1 **山公**：晉山簡，字季倫，守荊州。《世說新語・任誕》："山季倫為荊州，時出酣暢。人為之歌曰：'山公時一醉，徑造高陽池。日暮倒載歸，酩酊無所知。復能乘駿馬，倒著白接䍦。舉手問葛彊，何如并州兒？" **酩酊**（音茗鼎）：醉貌。**高陽**：高陽池，在襄陽。**白接䍦**：白帽。

這首詩檃括《世說新語》所舉民歌，字數少了一半，而形象更為特出。這就給我們作了示範，使我們懂得怎樣從民歌汲取營養。

其三

峴山臨漢江[1]，水綠沙如雪。上有墮淚碑[2]，青苔久磨滅。

注釋

1　**峴山**：在湖北襄陽城東南，東臨漢水。

2　**墮淚碑**：晉羊祜鎮襄陽，有善政。曾登峴山，死後在他登臨的地點立碑，人們見碑悲戚，杜預稱之為“墮淚碑”。見《水經注．沔水》。

其四

且醉習家池，莫看墮淚碑。山公欲上馬，笑殺襄陽兒[1]。

注釋

1　**習家池**：漢侍中習郁在峴山南依范蠡養魚法作魚池，並在池邊高堤上種竹、長楸，池中長滿荷花、菱、芡，成為當時有名的遊宴之處。山簡每來池上，總要大醉而歸，嘴裏嘮叨着：“這是我的高陽池。”襄陽小兒為此編成兒歌。見《世説新語．任誕》注引《襄陽記》。

這四首詩運用了童謠民歌的手法，比作者另一首內容相近的《襄陽歌》更加質樸真率，更富於諧趣。

宮中行樂詞八首（錄三）

孟棨《本事詩．高逸》：“（唐玄宗）嘗因宮人行樂，謂高力士曰：‘對此良辰美景，豈可獨以聲伎為娛？倘得逸才詞人吟詠之，可以誇耀於後。’遂命召（李）白。時寧王召白飲酒，已醉。既至，拜舞頹然。上知其薄聲律，謂非所長，命為宮中行樂五言律詩十首。白頓首曰：‘寧王賜臣酒，今已醉。倘陛下賜臣無畏，始可盡臣薄技。’上曰：‘可。’即遣二內臣扶掖之，命研墨濡筆以授之，又令二人張朱絲欄於其前。白取筆抒思，略不停輟，十篇立就，更無加點。筆跡遒利，鳳跱龍拏。律度對屬，無不精絕。”可見原詩是十首，今已佚去二首。

其一

小小生金屋[1]，盈盈在紫微[2]。山花插寶髻，石竹繡羅衣[3]。每出深宮裏，常隨步輦歸[4]。只愁歌舞散，化作綵雲飛。

注釋

1　**金屋**：參見《妾薄命》注 1（頁 105）。

2　**盈盈**：美麗而端正的樣子。**紫微**：紫微垣的簡稱，又簡稱紫宮或紫垣，所謂三垣的中垣。《晉書．天文志》："紫微，大帝之座也，天子之常居也。" 所以用紫微作為皇帝所居宮殿的代詞。參見《古風五十九首》其二注 3（頁 005）。

3　**石竹**：又名洛陽花，石竹科多年生草本，全株粉綠色，葉對生，線狀披針形，夏季開花，花單生或二至三朵疏生枝端，單瓣或複瓣，深紅、淡紅或白色，先端淺裂或鋸齒狀。六朝隋唐時代多用作衣飾圖案。

4　**步輦**：皇帝乘坐的不用馬拉而由人推挽的車子。

其三

盧橘為秦樹[1]，蒲桃出漢宮[2]。煙花宜落日，絲管醉春風。笛奏龍吟水[3]，簫鳴鳳下空[4]。君王多樂事，還與萬方同[5]。

注釋

1　**盧橘**：即金橘，芸香科常綠灌木或小喬木，葉披針形至矩圓形，花兩性，白色。果圓形金黃色，有香味。或以盧橘為枇杷的別稱，非。

2　**蒲桃**：即葡萄，傳張騫通西域後引種到內地。

3　**"笛奏"句**：傳說羌人伐竹，聽到水中龍鳴而不見龍形。後來羌人截竹而吹，聲音和龍鳴相似。見馬融《笛賦》。

4　**"簫鳴"句**：春秋時簫史善吹簫，簫聲能引來白鶴、孔雀，為秦穆公的女兒弄玉所愛慕。穆公就把弄玉嫁給他。婚後，簫史天天教弄玉作鳳鳴，經過數年，簫聲也很像鳳鳴，鳳凰聞聲飛來，歇在屋頂上。穆公特為建造鳳臺，夫婦倆住在臺上，幾年不下地。一天，突然跨鳳凰飛去。秦人為築鳳女祠在雍宮中。鳳臺的上空不時傳來簫聲。見《列仙傳》。

5　**"君王"二句**：表面是歌頌君王與民同樂，實際是獨樂，有諷刺的意味。

其六

今日明光裏[1]，還須結伴遊。春風開紫殿[2]，天樂下珠樓。艷舞全知巧，嬌歌半欲羞。更憐花月夜，宮女笑藏鉤[3]。

注釋

1　**明光**：陽光。這裏有以"明光"歌頌唐玄宗的意思，亦有人將"明光"解釋為漢武帝時的明光宮。

2　**紫殿**：漢武帝建造紫殿，見《三輔黃圖》。這裏泛指宮殿。

3　**藏鈎**：古時一種遊戲，與近代猜物比賽近似。傳説這種遊戲起於漢武帝鈎弋夫人。《漢武故事》："鈎弋夫人少時手拳，帝披其手，得一玉鈎，手得展。故因為藏鈎之戲，後人效之。"

這一組詩，雖然是所謂"應制"之作，但比較自然活潑，還隱含諷諭，沒有勉強拘束的痕跡。

邯鄲才人嫁為廝養卒婦[1]

胡震亨云："謝脁有此詩，薪僕曰廝，炊僕曰養。脁蓋設言其事，寓臣妾淪擲之感。" 李白是借題自喻。

妾本叢臺女[2]，揚蛾入丹闕[3]。自倚顏如花[4]，寧知有凋歇。一辭玉階下，去若朝雲沒。每憶邯鄲城，深宮夢秋月。君王不可見，惆悵至明發[5]。

注釋

1　**邯鄲**：戰國時趙國都城，故城在今河北省邯鄲市西南。**廝養卒**：猶今言火頭軍。廝養，《集韻》："析薪養馬者為廝。"《漢書．兒寬傳》："嘗為子弟都養。" 顏師古注："養，主給烹炊者也。"

2　**叢臺**：戰國時趙王宮中之臺，因連聚非一，故稱。《元和郡縣志》："叢臺，在磁州邯鄲縣城內東北隅。"

3　**揚蛾**：同揚眉，唐代婦女畫眉如蠶蛾觸鬚，稱為蛾眉，蛾遂成眉的同義詞。**丹闕**：朱紅色的宮門。

4　**自倚**：同自恃。

5　**明發**：天亮時光。

短歌行

古《相和歌．平調七曲》之一，一般用這個舊題來詠嘆人生短促，抒發及時行樂的消極思想。

白日何短短，百年苦易滿。蒼穹浩茫茫[1]，萬劫太極長[2]。麻姑垂兩鬢，一半已成霜[3]。天公見玉女，大笑億千場[4]。吾欲攬六龍[5]，迴車挂扶桑[6]。北斗酌美酒，勸龍各一觴[7]。富貴非所願，為人駐頹光[8]。

注釋

1　**蒼穹**：天空。**浩茫茫**：即浩浩茫茫，無邊無際的樣子。

2　**"萬劫"句**：《法苑珠林》："夫劫者，蓋是紀時之名，猶年號耳。" 萬劫，和萬代、萬世的含義相彷彿。太極，天地始生的時候。詩意是上距天地始生，已經千萬億年，時間很長了。

3　**"麻姑"二句**：麻姑，古仙人。傳説東漢時仙人王方平，降蔡經家，召麻姑至，年十八九，貌美，指爪如鳥。對方平説：接待以來，已經三次見到滄海變為桑田。近日到蓬萊，看見海水又比前些時淺了，難道再過些時候又要變成陸地山陵麼？見《列仙傳》。詩意是經過千萬億年漫長的歲月，連麻姑也會老得雙鬢盡白了。

4 **天公二句**：《神異經》："東王公與玉女投壺，每投千二百矯，設有入不出者，天為之噏噓，矯出而脱誤不接者，天為之笑。"古又以天不雨而閃電為天笑。

5 **六龍**：參見《蜀道難》注 6（頁 047）。

6 **"扶桑"句**：扶桑，神木名。《山海經·海外東經》："湯谷上有扶桑，十日所浴。"《十洲記》："扶桑在碧海中，樹長數千丈，一千餘圍，兩幹同根，更相倚依，日所出處。"詩意是希望太陽停在東方不動，也就是希望時光不要消逝。

7 **"北斗"二句**：詩意是用北斗作飲器，斟上美酒，勸挽日車的六龍也各盡一杯。用《楚辭·少司命》："援北斗兮酌桂漿"的詩意。

8 **頹光**：西下的陽光，也就是老去的年光。

丁都護歌[1]

南朝劉宋彭城內史徐逵之為魯軌所殺。宋高祖劉裕命府督護丁旿收屍殯葬。逵之妻為劉裕長女。劉裕把丁旿召到住處，親自查問有關殯葬事情。每問一句，喊一聲：“丁督護！”聲調十分悲切。後人因聲作曲，名為“督護歌”。

雲陽上征去[2]，兩岸饒商賈。吳牛喘月時，拖船一何苦[3]。水濁不可飲，壺漿半成土[4]。一唱《都護歌》，心摧淚如雨。萬人鑿盤石[5]，無由達江滸[6]。君看石芒碭[7]，掩淚悲千古。

注釋

1　**都護**：一作“督護”。

2　**雲陽**：秦時縣名，在今江蘇丹陽縣。望氣者說雲陽有王氣。始皇想壓下王氣，使人開鑿北阬，把直通河道截成彎的，並改縣名為曲阿。見《元和郡縣志》。

3　**吳牛**：生長於江淮之間的水牛，性很怕熱，夜間看見月亮，以為是太陽，竟下意識地喘起氣來。見《世說新語·言語》。**拖船**：拉縴。

4　**“水濁”二句**：水裏含泥沙過多，一壺水倒有半壺是泥沙。

5　**盤石**：大石。

6　**江滸**：江邊。滸，水邊。

7　**芒碭**：《漢書．高帝紀》：“高祖隱於芒、碭山澤間。”應劭注：“芒屬沛，碭屬梁。”碭山在今安徽碭山縣東，其北為芒山。

這首詩究竟何所指，注家頗有爭議。看來是李白借秦始皇的故事有所諷刺。最後兩句詩意正是說始皇雖然鑿斷了雲陽王氣，仍難制止劉邦起兵於芒、碭之間。一旦劉邦西入關中，秦國就不免滅亡。清人王琦說：“考之地誌，芒、碭諸山，實產文石。意者是時官司取石於此山，僦舟搬運，適當天寒水涸，牽挽而行，期令峻急，役者勞苦，太白憫之而作此詩。”王琦把“石芒碭”解釋為芒、碭山中所產文石，似乎未能抓住本詩主旨。

樹中草

梁簡文帝有《樹中草》詩。

鳥銜野田草，誤入枯桑裏。客土植危根[1]，逢春猶不死。草木雖無情，因依尚可生。如何同枝葉，各自有枯榮。

注釋

1　**客土**：異地的土壤。《漢書．成帝紀》："客土疏惡。" **危根**：入地不深容易拔起的根。潘岳《楊仲武誄》："如彼危根，當此衝飆。"

曹植詩："煮豆持作羹，漉豉以為汁。萁在釜下然，豆在釜中泣。本是同根生，相煎何太急？" 曹植這首七步詩可拿來與此詩並讀。

紫騮馬

漢《橫吹十八曲》之一。古辭云："十五從軍征，八十始得歸。道逢鄉里人，家中有阿誰。"是從軍久戍懷歸之作。

紫騮行且嘶[1]，雙翻碧玉蹄。臨流不肯渡，似惜錦障泥[2]。白雪關山遠，黃雲海戍迷。揮鞭萬里去，安得念春閨。

注釋

1 紫騮：暗紅色的馬，也作棗騮。

2 障泥：披在鞍旁以擋濺起的泥濘的馬飾。《晉書．王濟傳》："濟善解馬性，嘗乘一馬，著連乾障泥，前有水，終不肯渡。濟云：'此必是惜障泥。' 使人解去，便渡。"

少年行二首（錄一）

樂府《雜曲歌辭》有《少年行》。

五陵年少金市東[1]，銀鞍白馬度春風。落花踏盡遊何處，笑入胡姬酒肆中。

注釋

1 **五陵**：漢長陵、安陵、陽陵、茂陵、平陵，稱為五陵。“五陵年少”，隱喻唐宗室子弟，並對他們的遊樂淫佚，不務正業，意存譏刺。**金市**：在河南洛陽舊城西。《水經注．穀水》：“凌雲臺西有金市，北對洛陽壘。”一説指長安西市。

靜夜思

牀前明月光，疑是地上霜。舉頭望明月，低頭思故鄉。

這首詩寥寥二十字，純用白描，情景也是人所共歷的，信手拈出，似乎毫不費力，殊不知是從千錘百鍊中來。

淥水曲

《淥水》，本琴曲名。

淥水明秋日[1]，南湖採白蘋[2]。荷花嬌欲語，愁殺蕩舟人。

注釋

1 淥水：清澈的水。

2 **蘋**：蕨類蘋科，多年生水草。葉柔軟而細長，橫生泥中，莖節遠離，向上發出一至數枚葉柄，柄端輪生小葉四片，下長變形的短柄，上着孢子果。羅願《爾雅翼》云：“蘋，葉四方，中拆如十字，根生水底，葉敷水上，五月有花，白色，故謂之白蘋。”按：“葉四方，中拆如十字，根生水底”者為蘋，無花有孢子果；而“葉敷水上，五月有花，白色”者為浮萍。羅願混蕨類蘋科的蘋和單子葉植物浮萍科的浮萍為一種，誤。

從軍行

古《相和歌》平調七曲之一，內容是軍旅辛苦之詞。

從軍玉門道[1]，逐虜金微山[2]。笛奏《梅花曲》[3]，刀開明月環。鼓聲鳴海上[4]，兵氣擁雲間。願斬單于首[5]，長驅靜鐵關[6]。

注釋

1 **玉門**：即玉門關，參見《胡無人》注 6（頁 080）。

2 **金微山**：《後漢書．竇憲傳》：“復遣右校尉耿夔、司馬任尚、趙博等將兵擊北虜於金微山，大破之。”又同書《耿夔傳》：“憲復出河西，以夔為大將軍左校尉，將精騎八百，出居延塞，直奔北單于庭，於金微山斬閼氏、名王已下五千餘級。”按漢居延城在今額濟納旗居延海之南，金微山應距此不遠。

3 **《梅花曲》**：《白帖》：“笛有《落梅花》之曲。”

4 **海**：古稱今蒙古大沙漠為瀚海。《名義考》：“以沙飛若浪，人馬相失若沉，視猶海然，非真有水之海也。”

5 **單于**：匈奴稱其王為單于。

6 **鐵關**：即鐵門關或鐵門。唐西域有二鐵門，一在今新疆焉耆西庫爾勒附近，《新唐書・地理志》："自焉耆西五十里過鐵門關"，一在前蘇聯與阿富汗交界的阿姆河北，杜尚別之西，沙赫里夏勃茲之南的羣山中。《大唐西域記》："鐵門者，左右帶山，山極峭峻，雖有狹徑，加之險阻，西傍石壁，其色如鐵，既設門扉，又以鐵扃，懸諸戶扇，因其險固，遂以為名。出鐵門，至覩貨邏國故地。"

春思

燕草如碧絲，秦桑低綠枝。當君懷歸日，是妾斷腸時。春風不相識，何事入羅帷。

這首詩的大意是：河北的青草還細得像絲一樣，秦地的桑葉已經繁密得把椏枝都壓低了。當你想起春天來臨而希望回家的時候，我卻眼看春光將逝而盼你盼得腸都斷了。春風哪！咱們本來素不相識，你為什麼要吹進我的羅帷呢？寫來綢繆婉轉，是典型的《國風》體。

子夜吳歌四首（錄二）

《舊唐書．音樂志二》："《子夜》，晉曲也。晉有女子夜，造此聲，聲過哀苦。"又六朝樂府《清商曲．吳聲歌曲》有《子夜歌》、《子夜四時歌》等。李白這四首詩是四時歌，因屬吳聲曲，所以題作《子夜吳歌》。

其三

長安一片月，萬戶擣衣聲。秋風吹不盡，總是玉關情。何日平胡虜，良人罷遠征[1]。

注釋

1　良人：古時妻子對丈夫的稱呼。

其四

明朝驛使發[1]，一夜絮征袍[2]。素手抽針冷，那堪把剪刀。裁縫寄遠道，幾日到臨洮[3]？

注釋

1 **驛使**：古時用馬傳送公文書信，馬站稱為驛，騎馬的信差稱為驛使。

2 **"一夜"句**：因為驛使明朝就要啓程，趕緊連夜把戰袍裏的棉絮續好。

3 **臨洮**：唐時臨洮縣在今甘肅岷縣，為秦長城的起點。

估客行

一作《估客樂》，齊武帝作歌名。武帝還是老百姓的時候，到過湖北樊城和河南鄧縣一帶。登位後，追憶往事而作歌：“昔經樊、鄧役，阻潮梅根渚。感憶追往事，意滿情不叙。”梁時改其名為《商旅行》。

海客乘天風，將船遠行役。譬如雲中鳥，一去無蹤跡[1]。

注釋

1　“譬如”二句：以鳥喻人，古代商旅遠行，通信困難，生死難知，譬如雲中飛鳥，一去不知何至，杳無蹤跡。

長歌行

《相和歌》七曲之一，古辭為“青青園中葵，朝露待日晞。陽春布德澤，萬物生光輝。惟恐秋節至，焜黃花葉衰。百川東到海，何日復西歸？少壯不努力，老大徒傷悲。”是嘆歲月易逝，應及時努力，不要老大才追悔傷心。李白用舊題抒寫新意。

桃李得日開，榮華照當年。東風動百物，草木盡欲言。枯枝無醜葉，涸水吐清泉[1]。大力運天地，羲和無停鞭[2]。功名不早著，竹帛將何宣[3]。桃李務青春，誰能貰白日[4]。富貴與神仙，蹉跎成兩失。金石猶銷鑠，風霜無久質。畏落日月後[5]，強歡歌與酒[6]。秋霜不惜人，倏忽侵蒲柳[7]。

注釋

1　涸：枯竭。

2　**羲和**：古代神話裏的太陽是一輛車，趕車人名叫羲和。

3　竹帛：參見《東海有勇婦》注 13（頁 111）。

4　“桃李務青春”二句：貰，借貸。詩意是桃李要等待春天來到，日子是不能向別人借貸的。

5　“畏落”句：日月流逝得太快了，惟恐落在它們後面。

6　“強歡”句：聽歌飲酒，強顏為歡。

7　蒲柳：《世説新語·言語》：“顧悦與簡文同年，而髮早白。簡文曰：‘卿何以先白？’對曰：‘蒲柳之姿，望秋而落；松柏之質，經霜彌茂。’”後人用蒲柳來比喻早衰。

長相思

樂府《雜曲歌辭》舊題，寫纏綿的相思之情。

日色欲盡花含煙，月明如素愁不眠[1]。趙瑟初停鳳凰柱[2]，蜀琴欲奏鴛鴦弦[3]。此曲有意無人傳，願隨春風寄燕然[4]，憶君迢迢隔青天。昔時橫波目，今作流淚泉[5]。不信妾腸斷，歸來看取明鏡前。

注釋

1 **素**：精白的絹，比喻澄澈的月光。

2 **趙瑟**：相傳戰國趙國的女子長於彈瑟，故稱。楊惲《報孫會宗書》："婦趙女也，雅善鼓瑟。" **鳳凰柱**：刻成鳳凰形的瑟柱。

3 **蜀琴**：漢司馬相如，蜀人，善琴，故稱。蜀琴可以使人聯想到司馬相如和卓文君夫婦的愛情。所以"鴛鴦弦"和上句的"鳳凰柱"都是隱喻夫妻和諧。

4 **燕然**：山名。《後漢書‧竇憲傳》："遂登燕然山，去塞三千餘里，刻石勒功，紀漢威德。"即今外蒙古杭愛山。

5 **"昔時"二句**：橫波目，斜視而水汪汪的像秋波般的眼睛。詩意是當年俊俏動人的眼睛，如今化為淚水的泉源。

猛虎行

古《相和歌·平調七曲》之一，古辭云："飢不從猛虎食，暮不從野雀棲。野雀無安巢，遊子為誰驕。"

朝作猛虎行，暮作猛虎吟。腸斷非關隴頭水[1]，淚下不為雍門琴[2]。旌旗繽紛兩河道[3]，戰鼓驚山欲傾倒。秦人半作燕地囚，胡馬翻銜洛陽草[4]。一輸一失關下兵[5]，朝降夕叛幽薊城[6]。巨鼇未斬海水動，魚龍奔走安得寧。頗似楚漢時，翻覆無定止。朝過博浪沙[7]，暮入淮陰市[8]。張良未遇韓信貧，劉項存亡在兩臣[9]。暫到下邳受兵略[10]，來投漂母作主人。賢哲栖栖古如此，今時亦棄青雲士[11]。有策不敢犯龍鱗[12]，竄身南國避胡塵[13]。寶書玉劍挂高閣，金鞍駿馬散故人。昨日方為宣城客，掣鈴交通二千石[14]。有時六博快壯心，遶牀三匝呼一擲[15]。楚人每道張旭奇[16]，心藏風雲世莫知。三吳邦伯皆顧盼[17]，四海雄俠兩追隨。蕭曹曾作沛中吏，攀龍附鳳當有時[18]。溧陽酒樓三月春，楊花茫茫愁殺人。胡雛綠眼吹玉笛，吳歌《白紵》飛梁塵[19]。丈夫相見且為樂，槌牛撾鼓會眾賓[20]。我從此去釣東海，得魚笑寄情相親。

注釋

1 **隴頭水**：《隴頭歌》：“隴頭流水，嗚聲幽咽。遙望秦川，肝腸斷絕。”

2 **雍門琴**：戰國時有善琴的雍門子周，去謁見齊國孟嘗君田文，向田文陳說齊國處於秦楚兩大國之間，舉棋不定，恐怕不能免於滅亡。田文聽了，不禁傷心落淚。雍門子周就鼓起琴來，田文更加悲傷，說：“聽了琴聲，我真像國破家亡的人了。”見《說苑》。

3 **旌旗**：詩意是指軍旗。**繽紛**：多而雜亂的樣子。**兩河道**：唐河南、河北兩道，並為唐貞觀十道、開元十五道之一。前者轄境當今山東、河南兩省黃河故道以南（唐河、白河流域除外），江蘇、安徽兩省淮河以北地區。後者當今北京市、河北省、遼寧省大部分，河南、山東兩省黃河故道以北地區。

4 **“秦人”二句**：唐玄宗天寶十四載（755）安祿山在范陽（唐方鎮名，治幽州，在今北京城西南）起兵造反，很快攻陷東京（今河南洛陽市），大將高仙芝奉命率兵五萬人駐守陝州（今河南陝縣），適封常清戰敗，率領殘餘退到這裏，建議仙芝退守潼關。仙芝同意西撤，不料被安祿山軍追及，打得潰不成軍，人馬死傷慘重。到潼關，修整了大量防禦工事，安祿山攻不下。其時臨汝（治所在今河南臨汝縣）、弘農（治所在今河南靈寶縣北）、濟陰（治所在今山東定陶縣北）、濮陽（治所在今河南范縣境）、雲中（治所在今山西大同市）等郡紛紛投降。仙芝監軍邊令誠奏報玄宗，玄宗大怒，下詔就軍前斬仙芝、常清。仙芝自出兵到被斬歷時僅十八天。秦人，唐朝建都長安，原為秦地，故稱。燕地，范陽屬燕國轄境，故稱。詩意説唐王朝的士卒都作了安祿山的俘囚。安祿山是胡人，所以稱呼他所統軍馬為"胡馬"。洛陽是唐朝的東部。

5 **關**：潼關。**一輸**：指高仙芝不戰而退出陝州。**一失**：指唐玄宗殺高仙芝，自毀長城而致潼關失守。

6 **"朝降夕叛"句**：天寶十四載（755）十二月，常山（唐郡名，治所在今河北正定縣）太守顏杲卿起兵勤王，河北諸郡響應，反正歸唐的多達十七郡。但才過八天，史思明、蔡希德攻陷常山，杲卿被殺，十七郡中不少仍為安祿山部所據。

7 **博浪沙**：在今河南原陽縣東南，古有博浪城，傳為秦末張良遣力士椎擊秦始皇處。

8 **淮陰**：秦縣名，治所在今江蘇清江市東。漢韓信年輕時落魄，在淮陰城下釣魚，遇到一位老婦人，見韓信飢餓，慷慨地捨飯給他。

9 **"張良"二句**：詩意是劉邦、項羽一成一敗，關鍵在於有無張良、韓信的輔佐。

10 **下邳**：秦縣名，治所在今江蘇睢寧縣西北。張良因椎擊秦始皇不中，躲到這裏，遇黃石公，得授兵法。

11 **青雲士**：有才智的讀書人，李白自況。

12　**龍鱗**：古代傳説龍的頷下有倒生的鱗片，大可徑尺，有人觸犯這個鱗片，就要被龍殺死。皇帝是龍的化身，因此也有逆鱗，不能輕易冒犯。見《韓非子．説難》。

13　**竄身**：李白自言因避安史之亂，遷居到南方的宣城。

14　**"掣鈴" 句**：唐時官署多在門外懸鈴，有事上報，拉鈴以代傳呼。唐代刺史的官秩相當於漢的二千石。

15　**"有時" 二句**：借賭博求快意於一時。六博，用黑白棋子各六枚，兩人對局的一種博戲。棋局分十二道，走棋前先要擲采。以上八句是李白自負胸有奇策，但不能見用於當世，只能流亡江南，暫居宣城，以六博來寄託雄心壯志。

16　**張旭**：蘇州人，善草書，號張顛。性嗜酒，酣飲後才肯動筆。杜甫作《飲中八仙歌》，李白、張旭都在其列。

17　**三吳**：吳興、吳郡、會稽。**邦伯**：方伯，州郡守的別稱。

18　**"蕭曹" 二句**：《史記．曹相國世家》："曹參者，沛人也。秦時為沛獄掾，而蕭何為主吏，居縣為豪吏矣。" 張旭曾為常熟尉，李白恭維他和曹、蕭一樣，胸藏風雲，時機到時，也能攀龍附鳳，取得高位。龍、鳳，比喻君主。

19　**《白紵》**：舞名，是一種吳舞。見《晉書．樂志》。

20　**槌**：擊殺。**撾**：敲打。

這首詩，據王琦考證，是李白於天寶十五載（756）春避亂到南方，與張旭相遇於溧陽酒樓，感嘆大局糜爛，自己懷才不遇而作。近人詹瑛云："蘇渙《贈零陵僧兼送謁徐廣州》詩：'張顛沒在二十年，謂言草聖無人傳。零陵沙門繼其後，新書大字大如斗。' 又云：'忽然造我遊南溟，言祈亞相求大名。亞相書翰凌獻之，見君絕意必深知。'《新唐書·藝文志》：'蘇渙詩一卷。' 注云：'湖南崔瓘辟從事。瓘遇害，渙走交廣，與哥舒晃反，伏誅。'《舊唐書·代宗紀》云：'大曆十年十一月丁未，路嗣恭攻破廣州，擒哥舒晃，斬首以獻。' 知蘇渙之詩，作於大曆十年（775）以前。按吳廷燮《唐方鎮年表》，大歷中廣州刺史嶺南節度使徐姓者今有徐浩一人，而浩又擅長書法，則蘇渙詩中之徐廣州，必指徐浩無疑。《舊唐書·代宗紀》：'大歷二年二月，以工部侍郎徐浩為廣州刺史、嶺南節度使。' '三年十月，以京兆尹李勉為廣州刺史、充嶺南節度使。' 渙詩之作，既在大曆二、三年（767—768），逆數二十年，至天寶六、七載（747—748），張旭卒。今詩中所敘皆祿山亂時事，而猶盛稱張旭，則其必為偽作明矣。" 所論甚精當。

江上吟

木蘭之枻沙棠舟[1]，玉簫金管坐兩頭[2]。美酒樽中置千斛[3]，載妓隨波任去留。仙人有待乘黃鶴[4]，海客無心隨白鷗[5]。屈平詞賦懸日月，楚王臺榭空山丘[6]。興酣落筆搖五岳，詩成笑傲凌滄洲[7]。功名富貴若長在，漢水亦應西北流[8]。

注釋

1 **木蘭**：《述異記》："木蘭川在潯陽，江中多木蘭樹，昔吳王闔閭植木蘭於此，用構宮殿也。七里洲中，有魯班刻木蘭為舟，舟至今在洲中。詩云木蘭舟，出於此。"劉逵《蜀都賦》注："木蘭，大樹也。葉似長生，冬夏榮。常以冬花，其實如小柿，甘美。南人以為梅，其皮可食。"**枻**（音曳）：楫。**沙棠**：木名。《述異記》："漢成帝與趙飛燕遊太液池，以沙棠木為舟。其木出崑崙山，食其實，入水不溺。"詩意極言船之名貴。參見《塞下曲》其四注 2（頁 118）。

2 **坐兩頭**：吹奏簫管的歌伎坐在船的兩頭。

3 **千斛**：形容載酒之多。"斛"，十斗為斛。

4 **黃鶴**：湖北武昌西有黃鶴山，山西北有黃鶴磯，峭立江中，傳仙人王子安乘黃鶴過此。詩意是要想成仙，還得等待黃鶴飛來。

5　**海客**：海上的人沒有機巧之心，因之能與白鷗一同遊戲。出《列子．黃帝篇》。

6　**"屈平"二句**：詩意是屈平的詞賦將與日月同壽，楚王的宮苑卻早成荒丘了；王霸尊榮，難垂長久，文章術業，自有千秋。屈平，即屈原。臺榭，臺上的房屋建築稱榭。楚靈王有章華臺，楚莊王有釣臺，都以豪侈著名。

7　**"興酣"二句**：搖五岳，誇張詩歌文章氣勢磅礴，可以震撼五岳。五岳，參見《古風五十九首》其三注 8（頁 008）。滄洲，江中或江岸邊沙地。這兩句詩意是吟着詩向五岳、滄洲去隱居。

8　**"功名"二句**：漢水，漢江，源出陝西省寧強縣，東流到襄陽與白河會合，南流由漢陽入長江。詩意是功名富貴若能夠長久，則漢水也將倒流。漢水倒流和日頭西出意義相同。

這首詩表達了輕視富貴，放浪形骸的心情。

西岳雲臺歌送丹丘子[1]

西岳崢嶸何壯哉！黃河如絲天際來[2]。黃河萬里觸山動，盤渦轂轉秦地雷[3]。榮光休氣紛五彩[4]，千年一清聖人在[5]。巨靈咆哮擘兩山[6]，洪波噴流射東海。三峯卻立如欲摧[7]，翠崖丹谷高掌開[8]。白帝金精運元氣[9]，石作蓮花雲作臺[10]。雲臺閣道連窈冥，中有不死丹丘生。明星玉女備灑掃[11]，麻姑搔背指爪輕[12]。我皇手把天地户[13]，丹丘談天與天語。九重出入生光輝[14]，東求蓬萊復西歸[15]。玉漿倘惠故人飲，騎二茅龍上天飛[16]。

注釋

1 **西岳**：華山，在陝西華陰縣南。**雲臺**：華山的東北峯，四面峭壁高聳如臺，故稱。

2 **“黃河”句**：登華山頂，望黃河一線自天而降。

3 **“盤渦”句**：秦地，華山在古秦國境內。句言急流相沖盤旋作深渦，像車輪轉動，其聲如雷。

4 **“榮光”句**：《尚書中候》：“榮光出河，休氣四塞”，鄭玄注：

"榮光，五色；休，美也。" 休氣，猶言佳氣。

5 **"千年" 句**：傳說黃河千年一清而聖人出，見《拾遺記》。

6 **巨靈**：河神，見《西京賦》薛綜注。華山和首陽山隔黃河相對，原是一座山，傳說被河神分劈為二。

7 **三峯**：華山有芙蓉、落雁、玉女三峯。芙蓉峯一作蓮花峯，為西峯；落雁峯多松檜，也稱松檜峯，為南峯；玉女峯則是東峯——朝陽峯的一座支峯，但習慣叫玉女峯為東峯。

8 **高掌**：華山東北有仙人掌，也稱巨靈掌，巖壁黑色，上有黃白色巖漿流過的痕跡，遠望像五個叉開的手指，傳說是河神——巨靈劈山的掌跡。

9 **白帝金精**：《枕中書》："金天氏為白帝，治華陰山。" **元氣**：參見《日出入行》注 3（頁 077）。

10 **"石作" 句**：慎蒙《名山記》："李白詩 '石作蓮花雲作臺'，今觀山形外羅諸山如蓮瓣，中間三峯突出如蓮心，其下為雲臺峯，自遠望之，宛如青色蓮花開於雲臺之上也。"

11 **明星玉女**：郭璞《山海經注》："太華山上有明星玉女，持玉漿，得上服之，即成仙。道險僻不通。"

12 **"麻姑" 句**：《神仙傳》："麻姑手爪似鳥，蔡經見之，心中念曰：'背大癢時，得此爪以爬背，當佳也。' 王遠已知經心中所言，即使人牽經，鞭之曰：'麻姑，神人也，汝何忽謂其爪可搔背耶？' "

13 **天地戶**：《漢武帝內傳》："王母命侍女法安嬰歌《元靈之曲》，曰：'天地雖廓寥，我把天地戶。' "

14 **九重**：天。古時傳說天有九重。

15 **蓬萊**：參見《古風五十九首》其三注 8（頁 008）。

16　**茅龍**：茅狗所化的龍。傳説漢中關下卜師呼子先，年百餘歲，將得道，讓酒家老婦趕快給他治裝，同去應中陵王的邀請。夜間有仙人送給兩隻茅狗，子先和老婦各一隻，騎到背上卻都變成龍了。上華陰山，常在山上大叫：子先、酒家母在此。見《列仙傳》。

這首詩的中心思想是企慕神仙。丹丘子，就是元丹丘，和李白交往甚密的一位道士，據李白另一首詩——《元丹丘歌》，可知此人在華山、嵩山都曾隱居過。

扶風豪士歌[1]

洛陽三月飛胡沙，洛陽城中人怨嗟。天津流水波赤血[2]，白骨相撐如亂麻[3]。我亦東奔向吳國[4]，浮雲四塞道路賒[5]。東方日出啼早鴉，城門人開掃落花。梧桐楊柳拂金井，來醉扶風豪士家[6]。扶風豪士天下奇，意氣相傾山可移。作人不倚將軍勢[7]，飲酒豈顧尚書期[8]。雕盤綺食會眾客，吳歌趙舞香風吹。原嘗春陵六國時[9]，開心寫意君所知。堂中各有三千士，明日報恩知是誰？撫長劍，一揚眉，清水白石何離離。脫吾帽，向君笑，飲君酒，為君吟。張良未逐赤松去，橋邊黃石知我心[10]。

注釋

1　**扶風**：唐郡名，天寶、至德間改岐州為扶風郡，屬關內道，治所在今陝西鳳翔縣。

2　**天津**：橋名，在洛陽洛水上。參見《古風五十九首》其十八注 1（頁 019）。

3　**撐**：斜拄。陳琳《飲馬長城窟行》："君獨不見長城下，死人骸骨相撐拄。”以上四句是描寫安祿山攻破洛陽的情景。

4　**東奔向吳國**：這首詩是李白於至德元載（756）避亂自宣城入吳時所作，故云。

5　**賒**：遙遠。

6　**“東方”四句**：詩意是感嘆洛陽已被叛軍所佔，殺人如麻，流血成河，而避難到江南的長安豪客，還是置酒高會，日夜沉酣在醉鄉之中。

7　**不倚將軍勢**：辛延年《羽林郎》：“昔有霍家奴，姓馮名子都。依倚將軍勢，調笑酒家胡。”此反其意。

8　**豈顧尚書期**：《漢書・游俠傳》：“陳遵嗜酒，每大飲，賓客滿堂，輒關門，取客車轄投井中。雖有急，終不得去。嘗有部刺史奏事，過遵，值其方飲，刺史大窮，候遵沾醉時，突入見遵母，叩頭，自白當對尚書有期會狀，母乃令從後閤出去。”

9　**原、嘗、春、陵**：戰國時四公子：趙平原君趙勝，齊孟嘗君田文，楚春申君黃歇，魏信陵君魏無忌，好招攬食客，各三千人。

10　**“張良”二句**：張良未遇漢高祖劉邦時，曾從黃石公受兵書，及劉邦稱帝，封張良為留侯，不就，願意放棄人間富貴，去尋找赤松子學神仙術。見《史記・留侯世家》。這兩句詩是李白表白自己在求仙以前，還要像張良那樣先做一番濟世的大業。

梁園吟[1]

我浮黃河去京闕[2]，挂席欲進波連山[3]。天長水闊厭遠涉，訪古始及平臺間[4]。平臺為客憂思多，對酒遂作梁園歌。卻憶蓬池阮公詠，因吟淥水揚洪波[5]。洪波浩蕩迷舊國，路遠西歸安可得？人生達命豈暇愁[6]，且飲美酒登高樓。平頭奴子搖大扇[7]，五月不熱疑清秋。玉盤楊梅為君設，吳鹽如花皎白雪[8]。持鹽把酒但飲之，莫學夷齊事高潔[9]。昔人豪貴信陵君[10]，今人耕種信陵墳[11]。荒城虛照碧山月，古木盡入蒼梧雲[12]。梁王宮闕今安在？枚馬先歸不相待[13]。舞影歌聲散淥池[14]，空餘汴水東流海[15]。沉吟此事淚滿衣，黃金買醉未能歸。連呼五白行六博[16]，分曹賭酒酣馳暉[17]。歌且謠，意方遠，東山高臥時起來，欲濟蒼生未應晚[18]。

注釋

1　梁園：一名梁苑，漢梁孝王所建，方三百餘里，故址在今河南開封市東南。

2　**京闕**：都城，指長安。

3　**挂席**：揚帆。舊時用蒲席作帆，所以逕稱帆為席。**波連山**：波浪起伏如連綿不斷的峯巒。

4　**平臺**：《漢書．文三王傳》：“孝王築東苑，方三百餘里，廣睢陽城七十里，大治宮室，為複道，自宮連屬於平臺三十餘里。”如淳曰：“平臺在大梁東北，離宮所在也。”

5　**“卻憶”二句**：阮籍《詠懷詩》其十六有句云：“徘徊蓬池上，還顧望大梁。淥水揚洪波，曠野莽茫茫。”蓬池，傳説在今開封市西南的尉氏縣。這裏是借阮籍的詩句來訴説內心的憂傷。

6　**達命**：知命。**豈暇愁**：沒有功夫去發愁，也有何必發愁的意思。

7　**平頭奴子**：戴着平頭帽的僕人。

8　**吳鹽**：吳地出產的鹽，其白如雪。

9　**夷齊**：伯夷、叔齊，商末孤竹君之二子，因互相推讓，不肯繼位而一同投奔到周。周武王伐紂，兩人攔馬而諫，反對這次戰爭。商亡，又一同逃入首陽山（今山西運城縣西），不食周粟而死。

10　**信陵君**：戰國魏安釐王弟無忌，封於信陵（今河南寧陵縣），號信陵君，門下食客三千人，為戰國著名的四公子之一。

11　**信陵墳**：戰國魏公子無忌墓，在今河南開封市南。

12　**蒼梧**：山名，又名九嶷山，在湖南寧遠縣南。參見《遠別離》注 6（頁 043）。傳説有白雲出自蒼梧，入於大梁。

13　**枚馬**：漢詞賦家枚乘、司馬相如，都曾為梁孝王門下賓客。

14　**淥池**：清澈的池塘。

15　**"空餘"句**：汴水，又名汴河，故道自河南滎陽東經開封市南，又東與蔡河會合，名蒗若渠，又名通濟渠，又東經泗縣入於淮水，是重要的漕河，宋以後廢湮。以上八句詩意是以信陵君的賢德，墳墓早已變為田地，梁孝王功業不如信陵君，他的園宅臺榭自然更難長久保存。李白感慨流涕，引出下段及時行樂的主張。

16　**五白**：五木，古代博具，也就是五子，製成上黑下白，擲得五子全黑或全白為勝采。擲時想得勝采，連聲呼白，故稱。**六博**：參見《猛虎行》注 15（頁 152）。

17　**分曹**：分為兩方，用酒為籌碼，以賭勝負。**馳暉**：猶言飛逝的時光。

18　**"東山"二句**：東晉謝安，字安石，隱居東山，屢徵不赴。後為桓溫司馬，將自新亭啓程，同官為之餞行，有人酒後戲言："卿屢違朝旨，高卧東山，諸人每相與言：'安石不肯出，將如蒼生何。'今亦蒼生將如君何？"謝安笑而不答，見《世説新語．排調》。末段詩意是姑且飲酒作樂，以待時機。一旦能像謝安那樣東山再起，然後濟世利民也不遲。

這首詩是天寶四載（745）李白被放，離長安東歸，與杜甫、高適同遊梁、宋時所作。杜甫《寄李十二白二十韻》有句云："醉舞梁園夜"，即此時。詩中充滿對現狀的不滿，也流露出不如及時行樂的思想。

橫江詞六首

其一

人道橫江好[1]，儂道橫江惡[2]。一風三日吹倒山，白浪高於瓦官閣[3]。

注釋

1 **橫江**：橫江浦，在安徽和縣東南，與當塗縣北的采石磯隔江相望，是古來重要的渡口。《太平寰宇記》："孫策自壽春欲經略江東，揚州刺史劉繇遣將樊能、于麋屯橫江，孫策破之於此。對江南岸之采石，往來濟渡處，隋將韓擒虎平陳，自采石濟，亦此處也。" 陸游《入蜀記》："采石一名牛渚，與和州對岸，江面比瓜洲為狹，故隋韓擒虎平陳及本朝（指北宋）曹彬下南唐，皆自此渡。然微風輒浪作不可行，劉賓客云：'蘆葦晚風起，秋江鱗甲生'，王文公云：'一風微吹萬舟阻'，皆謂此也。"

2 **儂**：吳人自稱。

3 **瓦官閣**：《江南通志》："昇元閣在江寧城外，一名瓦官閣，即瓦官寺也。閣乃梁朝所建，高二百四十尺，南唐時猶存。今在城之西南角。楊、吳未城時，正與越臺相近，長干之西北也。唐以前江水逼石頭，李白詩‘白浪高於瓦官閣’，以此。”江寧，今江蘇南京市。

其二

海潮南去過尋陽[1]，牛渚由來險馬當[2]。橫江欲渡風波惡，一水牽愁萬里長。

注釋

1 **尋陽**：一作潯陽。唐時江南西道有江州九江郡，治所在潯陽縣，即今江西省九江市。

2 **馬當**：山名，像馬形，在江西彭澤縣東北，橫枕大江，歷來是江防要地。詩中説牛渚險於馬當。

其三

橫江西望阻西秦[1]，漢水東連揚子津[2]。白浪如山那可渡，狂風愁殺峭帆人[3]。

注釋

1　西秦：今陝西一帶。

2　揚子津：在江蘇儀徵縣南長江邊，是通往江南的渡口之一。

3　峭帆：高張直立的帆。

其四

海神東過惡風迴，浪打天門石壁開[1]。浙江八月何如此[2]，濤似連山噴雪來。

注釋

1　天門：山名，在安徽當塗縣西南，又名峨眉山，兩山夾長江對峙，稱東西梁山，東梁山又名博望山。

2　浙江：錢塘江的別稱，八月錢塘江潮最高。

其五

橫江館前津吏迎[1]，向余東指海雲生。郎今欲渡緣何事，如此風波不可行。

注釋

1 **橫江館**：唐橫江館在今安徽當塗縣北采石鎮。**津吏**：《新唐書・百官志》："津尉，掌舟梁之事。"

其六

月暈天風霧不開，海鯨東蹙百川迴[1]。驚波一起三山動[2]，公無渡河歸去來[3]。

注釋

1 **"海鯨" 句**：橫海的巨鯨，吹氣可使百川倒流。見木華《海賦》。東蹙，自東相迫。

2 **三山**：山謙之《丹陽記》："江寧縣北十二里，濱江有三山相接，即名為三山，舊時津濟道也。"

3 **公無渡河**：古《相和歌 · 瑟調曲》有《公無渡河行》，即《箜篌引》，傳為朝鮮水夫霍里子高妻麗玉所作。子高早起撐船，看見一個白髮老漢淹死在急流裏。妻子阻攔不及，彈箜篌而歌："公無渡河，公竟渡河。渡河而死，當奈公河！"也投水死。子高回家把這件不幸的事告訴麗玉，麗玉用箜篌記下歌詞的聲調，非常悲切，聽到的人都為之落淚。見《古今注》。詩中用這個傳說來勸人不要甘冒險惡的風波，也就是人海的驚濤。

金陵城西樓月下吟

金陵夜寂涼風發[1]，獨上高樓望吳越[2]。白雲映水搖空城，白露垂珠滴秋月。月下沉吟久不歸，古來相接眼中稀。解道澄江淨如練，令人長憶謝玄暉[3]。

注釋

1 **金陵**：古邑名，戰國楚威王七年（前 333）滅越後置，在今江蘇南京市清涼山。東晉王導説："建康，古之金陵。"後來用作南京市的別名。

2 **吳**：古國名。周初封太王長子泰伯於吳，轄地有今江蘇大部和安徽、浙江各一部，都於吳（今江蘇蘇州市）。**越**：古國名。相傳始祖是夏少康的庶子無餘，原轄地有今浙江東部，都於會稽（今浙江紹興縣）。

3 **謝玄暉**：名朓，南齊詩人，其《晚登三山還望京邑詩》有句云："餘霞散成綺，澄江淨如練。'

秋浦歌十七首

其一

秋浦長似秋[1]，蕭條使人愁。客愁不可渡，行上東大樓[2]。正西望長安，下見江水流。寄言向江水，汝意憶儂不[3]？遙傳一掬淚[4]，為我達揚州。

注釋

1 秋浦：唐武德四年（621）置池州，治所在秋浦（今安徽貴池縣），以秋浦湖得名。

2 大樓：山名，在安徽貴池縣南。《讀史方輿紀要》："大樓山，孤撐碧落，若空中樓閣然。"

3 不：同否，疑問詞。

4 掬：《小爾雅》："一手之盛謂之溢，兩手謂之掬"。

其二

秋浦猿夜愁，黃山堪白頭。青溪非隴水，翻作斷腸流[1]。欲去不得去，薄遊成久遊[2]。何年是歸日，雨淚下孤舟。

注釋

1　**黃山、青溪**：今安徽貴池縣境內的山水。**隴水**：《古隴頭歌》：“隴頭流水，嗚聲幽咽。遙望秦川，肝腸斷絕。”

2　**薄遊**：短期作客他鄉。薄，小。

其三

秋浦錦駝鳥[1]，人間天上稀。山雞羞淥水，不敢照毛衣[2]。

注釋

1　**駝鳥**：《海錄碎事》：“駝鳥出秋浦，似吐綬雞。”

2　**“山雞”二句**：山雞，即環頸雉，俗稱野雞。古人所説的

“雉”，指此。傳説山雞愛重自己美麗的羽毛，常到水邊照影而舞，有時看花了眼睛，以致溺死。詩意形容錦鴕鳥的美麗，連山雞也自感不如，不敢到清澈的水邊去照自己的影子。

其四

兩鬢入秋浦，一朝颯已衰[1]。猿聲催白髮，長短盡成絲！

注釋

1　颯：衰貌。

其五

秋浦多白猿，超騰若飛雪[1]。牽引條上兒，飲弄水中月。

注釋

1　**超騰**：猶言騰躍，即跳躍。超，跳。

其六

愁作秋浦客，強看秋浦花。山川如剡縣[1]，風日似長沙[2]。

注釋

1　**剡縣**：今浙江嵊縣。

2　**長沙**：唐長沙郡，隸江南西道，治設長沙縣（今湖南長沙市），瀟湘、洞庭皆在其境內。秋浦湖原長八十餘里，闊三十里，風物與瀟湘、洞庭相近，所以說“風日似長沙”。

其七

醉上山公馬[1]，寒歌甯戚牛[2]。空吟白石爛，淚滿黑貂裘[3]。

注釋

1　**山公**：見《襄陽曲四首》其二注 1（頁 124）。

2　**甯戚**：傳説春秋齊國的甯戚在車下飼牛，敲着牛角用商聲唱歌，歌詞云："南山矸，白石爛。生不逢堯與舜禪，短布單衣裁至骭。從昏飯牛薄夜半。長夜漫漫何時旦？"齊桓公見了，就舉甯戚為相。見《藝文類聚》引《琴操》。

3　**黑貂裘**：戰國時蘇秦遊説秦王，上書十次都被拒絕，時間一拖久，所穿黑貂皮袍也磨爛了。

其八

秋浦千重嶺，水車嶺最奇[1]。天傾欲墮石，水拂寄生枝[2]。

注釋

1　**水車嶺**：在安徽貴池縣西南。水流沖激着陡峭的崖壁，發出水車轉動似的聲音，故名。

2　**寄生枝**：生有寄生植物的樹枝。

其九

江祖一片石[1]，青天掃畫屏。題詩留萬古，綠字錦苔生。

注釋

1　江祖：山名，在安徽貴池縣西南。有一石高數丈，突出江面，傳說上面有仙人足跡，稱江祖石。

其十

千千石楠樹[1]，萬萬女貞林[2]。山山白鷺滿[3]，澗澗白猿吟。君莫向秋浦，猿聲碎客心。

注釋

1　石楠：一作石南，薔薇科常綠灌木或小喬木。

2　女貞：又名冬青，常綠大灌木或喬木，夏季開白色小花。漿果狀核果，熟時藍黑色。

3　白鷺：全身羽毛雪白，春夏多活動於湖沼岸邊和水田裏，好羣居，主食小魚等水生動物。

其十一

邏人橫鳥道[1]，江祖出魚梁。水急客舟疾，山花拂面香。

注釋

1　邏人：胡震亨云："《貴池志》：城西六十里李陽河，出李陽大江，中流有石，槎牙橫突，為攔江、羅叉二磯。'邏叉'，今本作'邏人'，誤。"王琦按："鳥道是高山峭嶺人跡稀到之處，而邏叉橫其間，今以水中磯石當之，亦恐未是。"

其十二

水如一匹練，此地即平天[1]。耐可乘明月，看花上酒船[2]。

注釋

1　平天：湖名，或云即指湖。

2　**"耐可"二句**：耐可，有"那可"和"寧可"兩解，這裏當作"那可"解，意義與李白《□》詩句"耐可乘流直上天"同，猶言安得。既然不能乘明月，只好看花上酒船了。

其十三

淥水淨素月，月明白鷺飛。郎聽採菱女[1]，一道夜歌歸。

注釋

1　**採菱女**：羅願《爾雅翼》："吳楚風俗，當菱熟時，士女相與採之，故有採菱之歌以相和，為繁華流蕩之音。"

其十四

爐火照天地，紅星亂紫煙[1]。赧郎明月夜[2]，歌曲動寒川。

注釋

1　“爐火”二句：安徽貴池縣一帶，唐時產銅、產銀，見《新唐書．地理志》。詩意是說，冶煉礦石的時候紫煙沖天，火星亂射，熊熊的爐火照得天地通明。

2　赧：也作“赧”，面頰發紅。

其十五

白髮三千丈[1]，緣愁似箇長[2]。不知明鏡裏，何處得秋霜。

注釋

1　“白髮”句：誇張之詞，與杜甫“新松恨不高千尺”同一手法。

2　箇：這樣。

其十六

秋浦田舍翁，採魚水中宿。妻子張白鷴[1]，結罝映深竹[2]。

注釋

1　**張白鷴**：張網捕捉白鷴鳥。白鷴，江南水鳥名，雉類，色白，背有黑文。

2　**罝**：網。

其十七

桃陂一步地[1]，了了語聲聞。闇與山僧別[2]，低頭禮白雲。

注釋

1　**桃陂**：原作"桃波"，從王琦注改。琦云："本集二十卷內有《清溪玉鏡潭宴別詩》，注云：潭在秋浦桃胡陂下。是'桃波'乃'桃陂'之誤無疑矣。"

2　**闇**（音暗）：默默無言狀。

這一組十七首詩，用民歌的手法描寫秋浦風土，偶而也透露詩人蘊藏在內心深處的思想感情。

當塗趙炎少府粉圖山水歌[1]

峨眉高出西極天[2]，羅浮直與南溟連[3]。名工繹思揮綵筆[4]，驅山走海置眼前。滿堂空翠如可掃，赤城霞起蒼梧煙[5]。洞庭瀟湘意渺綿[6]，三江七澤情洄沿[7]。驚濤洶湧向何處，孤舟一去迷歸年。征帆不動亦不旋，飄如隨風落天邊。心搖目斷興難盡，幾時可到三山巔[8]？西峯崢嶸噴流泉，橫石蹙水波潺湲[9]。東崖合沓蔽輕霧[10]，深林雜樹空芊綿[11]。此中冥昧失晝夜[12]，隱几寂聽無鳴蟬。長松之下列羽客，對座不語南昌仙[13]。南昌仙人趙夫子，妙年歷落青雲士。訟庭無事羅眾賓[14]，杳然如在丹青裏。五色粉圖安足珍，真山可以全吾身。若待功成拂衣去，武陵桃花笑殺人[15]。

注釋

1　少府：古稱縣令為明府，縣尉為少府。

2　峨眉：山名，在四川峨眉縣南。大峨、二峨兩山相對，狀如蛾眉，故名。是四川第一名山。

3 **羅浮**：山名，在廣東博羅縣西北，羅山之西有浮山，傳説是蓬萊仙山的[illegible]阜，浮海來與羅山相配，故稱。**南溟**：《莊子．逍遙遊》："南溟者，天池也。"

4 **繹思**：思維過程相續不斷。繹，抽絲。

5 **赤城**：山名，浙江天台縣北天台山的一座小山，又名燒山。土赤色，狀如雲霞，遠看像城上的一列雉堞。**蒼梧**：參見《梁園吟》注 12（頁 162）。

6 **洞庭**：湖名，在湖南岳陽縣西南。湘水源出廣西興安縣陽海山，西北流至湖南零陵，和源出九嶷山的瀟水會合，稱為瀟湘，北流入洞庭湖。

7 **三江**：三江的解釋很多，《尚書》孔穎達疏引孔安國注以為長江從鄱陽湖分而為三，都東流入於太湖，從太湖又分而為三，入海。郭璞注《山海經》，以岷江、松江、浙江為三江。顏師古注《漢書》，以吳縣南有南江，武進北有北江，蕪湖有中江，等等。詩中就畫面泛説，不必確指一處。**七澤**：司馬相如《子虛賦》説楚有七澤，後來只知雲夢一澤，在今湖北監利縣北，其餘六澤，所在不詳。**洄沿**：逆流而上為洄，順流而下為沿。

8 **"三山"句**：三山，蓬萊、方丈、瀛洲三仙山。《漢書．郊祀志》："使人入海求蓬萊、方丈、瀛洲，此三神山者，其傳在渤海中。"詩意是哪時能夠得道成仙？

9 **蹙**：迫近。**潺湲**：流水聲。

10 **合沓**：高貌。

11 **芊綿**：一作"芊眠"，草木蔓延叢生貌。

12 **冥昧**：昏暗。

13 **南昌仙**：漢成帝時，梅福為南昌尉，因避王莽，棄家出遊到九江，傳已仙去。後來有人在吳越間看到他，已經改變姓名，充當吳市門卒。

14 **訟庭無事**：縣衙門前沒有人告狀。詩意是稱美當塗縣政通人和。

15 **武陵桃花**：武陵，古郡名，在今湖南常德市一帶。陶潛《桃花源記》説，秦時曾有人避難進入武陵境內一個山洞，裏面的人到晉代還不與外間相通。洞裏有良田美池，桑竹雞犬，生活極為安樂，是陶潛設想的隱居之地。詩意是李白勸趙炎不要留戀祿位，若待功成之後才歸隱，就要辜負良辰美景，為武陵桃花所竊笑了。

永王東巡歌十一首（錄三）

《舊唐書・永王璘傳》："永王璘，玄宗第十六子也。天寶十四載（755）十一月，安祿山反於范陽，十五載（756）六月，玄宗幸蜀，至漢中郡，詔以璘為山東東路及嶺南、黔中、江南西路四道節度、採訪等使，江陵郡大都督。七月，璘至襄陽。九月，至江陵，召募士將數萬人，恣情補署。江淮租賦山積於江陵，破用鉅億，因有異志。肅宗聞之，詔令歸覲於蜀，璘不從。十二月，擅引舟師東下，甲仗五千人趨廣陵。璘生於宮中，不更人事，其子襄城王偒，勇而有力，握兵權，為左右眩惑，遂謀狂誖。"據李白《贈韋秘書子春》和《與賈少公書》，天寶十五載（756）十二月，永王璘派人到廬山請李白，三次才下山。

其二

三川北虜亂如麻[1]，四海南奔似永嘉[2]。但用東山謝安石[3]，為君談笑靜胡沙。

注釋

1 三川：秦郡名，漢改河南郡，在河南滎陽、洛陽一帶，因有河、洛、伊三水，故名。

2 永嘉：晉懷帝年號。晉永嘉五年（311），劉曜陷洛陽，官民死者三萬餘人，中原高門望族相率南奔，避難江東。唐天寶十五載（756）安祿山入長安，黃河中下游的官吏和百姓倉皇南逃，重演永嘉南渡一幕。李白在《為宋中丞請都金陵表》中也説："天下衣冠士庶，避地東吴，永嘉南遷，未盛於此。"

3 東山：用晉謝安故事，參見《梁園吟》注 18（頁 163）。

其六

丹陽北固是吳關[1]，畫出樓臺雲水間。千巖烽火連滄海，兩岸旌旗繞碧山。

注釋

1　**丹陽**：唐江南東道有丹陽郡，領丹徒、丹陽、金壇、延陵四縣，治丹徒，即今江蘇鎮江市和丹徒縣。詩中"丹陽"，是郡名而非縣名。**北固**：山名，在今江蘇鎮江市北。《南徐州記》云："城西北有別嶺，斜入江，三面臨水，高數十丈，號曰北固。"《建康實錄》："梁武帝幸京口，登北固樓，改名北顧。"

其十一

試借君王玉馬鞭[1]，指揮戎虜坐瓊筵[2]。南風一掃胡塵靜[3]，西入長安到日邊[4]。

注釋

1　**君王**：指永王璘。**玉馬鞭**：代表權力。

2　**指揮戎虜**：使戎虜在控制之下。**坐瓊筵**：形容指揮若定，從容不迫。

3　**南風**：其時永王璘在江南，故以為喻。

4　**日邊**：皇帝所在的京都地區，也作日下。古人用太陽代表皇帝，故稱。

峨眉山月歌

峨眉山月半輪秋，影入平羌江水流[1]。夜發清溪向三峽[2]，思君不見下渝州[3]。

注釋

1　**平羌**：平羌江，即青衣江，出自今四川寶興縣北，東南流經雅安、洪雅、夾江等縣，自峨眉山東北到樂山草鞋渡入大渡河。

2　**清溪**：古驛名，在今四川犍為縣西南清溪鎮。**三峽**：川江峽谷很多，三峽眾說不一。自四川眉山縣南至樂山縣北的岷江上有平羌、背峨、犂頭三峽，合稱嘉定三峽。又西起四川奉節縣白帝城，東至湖北宜昌縣南津關的長江上有瞿塘峽、巫峽、西陵峽，合稱巴東三峽。《水經注》："自三峽七百里中，兩岸連山，略無闕處，重巖疊嶂，隱天蔽日，自非亭午夜分，不見曦月"，即此。按詩意應指後者，因清溪已在"嘉定三峽"的下游。

3　**君**：指峨眉山月。**渝州**：唐州名，治巴縣，在今四川重慶市。

這首詩大概是開元十四年（726）李白開始出蜀遠遊前，自清溪沿岷江往渝州時所作，寫出了對故鄉山水戀戀之情。

峨眉山月歌送蜀僧晏入中京[1]

我在巴東三峽時[2]，西看明月憶峨眉。月出峨眉照滄海，與人萬里長相隨。黃鶴樓前月華白[3]，此中忽見峨眉客。峨眉山月還送君，風吹西到長安陌。長安大道橫九天，峨眉山月照秦川[4]。黃金師子乘高座[5]，白玉麈尾談重玄[6]。我似浮雲滯吳越，君逢聖主遊丹闕。一振高名滿帝都，歸時還弄峨眉月。

注釋

1　**中京**：唐肅宗至德二載（757），以蜀郡為南京，鳳翔為西京，原西京長安為中京。胡三省云："以長安在洛陽、鳳翔、蜀郡、太原之中，故曰中京。"

2　**巴東**：唐武德二年（619）分夔州秭歸、巴東二縣置歸州，後為巴東郡。郡治在今湖北秭歸縣。巴東縣，即今湖北巴東縣。

3　**黃鶴樓**：原在今湖北武漢市江南岸蛇山上，興建武漢鐵路大橋時拆除。陸游《入蜀記》："黃鶴樓，舊傳費禕飛昇於此，後忽乘黃鶴來歸，故以名樓，號為天下絕景。崔顥詩最傳，而太白奇句得於此者尤多。今樓已廢，故址亦不復存。問老吏，云在石鏡亭、南樓之間，正對鸚鵡洲，猶可想見其地。”可見樓址在南宋間已不可考見。

4 **秦川**：渭河平原，東起潼關，西至寶雞，南接秦嶺，北抵陝北高原，東西長約三百公里，寬約三十至八十公里的地帶，土地平曠肥沃，號稱“八百里秦川”。

5 **黃金師子**：《法苑珠林》載：龜茲王造金獅子座，上鋪大秦錦褥，請高僧鳩摩羅什升座説法。

6 **麈尾**：拂塵。**重玄**：即老子“玄之又玄”的意思。《世説新語·容止》：“王夷甫容貌整麗，妙於談玄，恒捉白玉柄麈尾，與手都無分別。”

王琦《李太白年譜》於至德二載（757）下附考云：“是年十二月改西京為中京，白有《峨眉山月歌送蜀僧晏入中京》詩乃自後五年之作。”近人詹鍈云：“按《新唐書·地理志》：‘上元二年（761）中京復為西京。’則此詩又當作於上元二年以前。……疑為太白流夜郎歸至江夏時作。”

江夏行[1]

憶昔嬌小姿，春心亦自持。為言嫁夫婿，得免長相思。誰知嫁商賈，令人卻愁苦。自從為夫妻，何曾在鄉土。去年下揚州[2]，相送黃鶴樓[3]。眼看帆去遠，心逐江水流。只言期一載，誰謂歷三秋。使妾腸欲斷，恨君情悠悠。東家西舍同時發，北去南來不逾月。未知行李遊何方，作箇音書能斷絕[4]？適來往南浦[5]，欲問西江船。正見當壚女[6]，紅妝二八年。一種為人妻，獨自多悲悽。對鏡便垂淚，逢人只欲啼。不如輕薄兒，旦暮長追隨。悔作商人婦，青春長別離。如今正好同歡樂，君去容華誰得知。

注釋

1 **江夏**：唐天寶至德間改鄂州為江夏郡，轄境包括今湖北武漢市長江以南部分、黃石市和咸寧地區，治設江夏縣，今武昌。

2 **揚州**：隋開皇九年（589）改吳州為揚州，治所在江都（今江蘇揚州市），轄境相當今江蘇揚州、泰州兩市及江都、高郵、寶應等縣。地當運河、長江交會衝要，唐時為對外貿易港之一，商業、文化都很繁榮，有“揚一益二”之稱。

3 **黃鶴樓**：參見《峨眉山月歌送蜀僧晏入中京》注 3（頁 187—188）。

4 **“作箇”句**：作箇，為什麼。今四川方言中猶存。字或作“咋個”這句詩可譯為白話：為啥音信竟斷絕了？

5 **南浦**：在舊武昌城南三里，源出京首山，西入大江。古時商旅往來多在這裏停泊。

6 **當壚**：參見《前有樽酒行二首》其二注 4（頁 076）。

李白的《長干行》和《江夏行》都為商人婦作。古時長江下游居民多經商遠出，曠男怨女，往往用民歌唱出內心的哀愁。白往來長江中下游，熟悉人情風土，摹其聲而作歌行，一從金陵上巴峽，一自江夏下揚州，描寫女子誤嫁和切盼遠人早歸的心情，纏綿婉轉，表達了詩人對商人婦的同情。

清溪行[1]

清溪清我心，水色異諸水。借問新安江[2]，見底何如此？人行明鏡中[3]，鳥度屏風裏[4]。向晚猩猩啼，空悲遠遊子。

注釋

1　清溪：在今安徽宣城縣。

2　新安江：隋新安郡，唐為歙州，後改徽州，治所在今安徽歙縣。凡發源於新安郡的水，統稱新安江。新安江東流過桐廬，會分水江，改稱富春江；到蕭山聞堰鎮，改稱之江；到杭州市閘口以下，稱為錢塘江，流向杭州灣入海。

3　“人行”句：形容清溪的水清可照人。

4　“鳥度”句：猶言“人在畫圖中”。

古意

君為女蘿草，妾作兔絲花[1]。輕條不自引，為逐春風斜。百丈託遠松，纏綿成一家。誰言會面易，各在青山崖。女蘿發馨香，兔絲斷人腸。枝枝相糾結，葉葉竟飄揚。生子不知根，因誰共芬芳。中巢雙翡翠[2]，上宿紫鴛鴦。若識二草心，海潮亦可量。

注釋

1 **女蘿、兔絲**：參見《白頭吟》注 6、注 7（頁 095）。

2 **翡翠**：鳥名。翠鳥科翡翠屬各種通稱。常見為藍翡翠，出交廣南越諸地，飲啄水側，覓食魚蝦和昆蟲。

山鷓鴣詞

《山鷓鴣》，曲名，見《教坊記》。鄭谷《席上貽歌者》："座中亦有江南客，莫向春風唱鷓鴣。"可知為南聲。

苦竹嶺頭秋月輝[1]，苦竹南枝鷓鴣飛[2]。嫁得燕山胡雁婿[3]，欲銜我向雁門歸[4]。山雞翟雉來相勸[5]，南禽多被北禽欺。紫塞嚴霜如劍戟[6]，蒼梧欲巢難背違[7]。我心誓死不能去，哀鳴驚叫淚沾衣。

注釋

1 **苦竹**：據《江南通志》：苦竹嶺在池州原三保，李白嘗讀書於此。

2 **鷓鴣**：雉科，體形似雞而小，頭頂黑色，有黃及褐色斑，體有卵圓形色斑。下部斑點較大。鳴聲四時可聞，異常嘹亮，略似 Kee-hee-hee-ga-ga。鳴叫 Kee-hee-hee 時將頭低垂，到 ga-ga 時引頸高呼。春暖花開的時候，正是鷓鴣的發情期，鳴聲此起彼伏，遍於山野。我國詩人把這種鳴聲擬為"行不得也哥哥"。《太平廣記》説鷓鴣多對啼。可見古人觀察的精細。雄鳥常因爭奪對象而惡鬥，往往鬥得頭破羽殘。俗傳鷓鴣善護其疆界，一山頭一鷓鴣，越界必鬥。

3　**燕山**：參見《北風行》注 2（頁 081—082）。

4　**雁門**：古郡名。戰國趙武靈王置，秦、西漢時治所在善無（今山西右玉縣南），轄境相當於今山西河曲、五寨、寧武等縣以南，恒山以西，內蒙古黃旗海、岱海以南地。隋初廢。唐天寶至德間曾改代州為雁門郡，治所在今山西代縣。

5　**山雞**：參見《秋浦歌十七首》其三注 2（頁 171—172）。

翟雉：即長尾雉。雄鳥尾特長，通體大部分為金黃色，胸脅和兩翅有白斑。雌鳥尾較短，羽色也比雄鳥暗淡。

6　**紫塞**：參見《胡無人》注 10（頁 080）。

7　**蒼梧**：參見《遠別離》注 6（頁 043）。

這首詩的命意，胡震亨說是當時有人勸李白北去投靠某有權勢的人，白託為鷓鴣的語言，以示謝絕，可能是客居雲夢和岳陽時所作。王琦認為是有南方女子誓死不嫁為北人婦，李白見而同情，為作此詩。

贈孟浩然[1]

吾愛孟夫子，風流天下聞。紅顏棄軒冕，白首卧松雲。醉月頻中聖[2]，迷花不事君。高山安可仰[3]，徒此挹清芬。

注釋

1　**孟浩然**：（689—740）湖北襄陽人。早年隱居鹿門山讀書，曾遊歷大江南北，一度入長安，遇唐玄宗於王維宅。玄宗問其詩，自誦所作，至“不才明主棄”句，玄宗説：“卿不求仕，而朕未嘗棄卿，奈何誣我。”遂失意而歸。晚年張九齡鎮荊州，徵辟為從事，開元二十八年（740）病卒，年五十二歲。有《孟浩然集》。

2　**中聖**：古時酒徒把清酒叫做聖人，濁酒叫做賢人。中聖，就是中酒（喝醉了）的隱語。

3　**高山**：《詩·小雅·車舝》：“高山仰止，景行行止。”

贈何七判官昌浩

有時忽惆悵[1]，匡坐至夜分[2]。平明空嘯咤[3]，思欲解世紛。心隨長風去，吹散萬里雲。羞作濟南生[4]，九十誦古文。不然拂劍起，沙漠收奇勳。老死阡陌間，何因揚清芬。夫子今管樂[5]，英才冠三軍。終與同出處，豈將沮溺羣[6]。

注釋

1　**惆悵**：悲哀。

2　**匡坐**：正坐。**夜分**：夜半。

3　**平明**：天亮的時光。**嘯咤**：嘆氣。

4　**濟南生**：伏勝，西漢濟南人，曾為秦博士。漢文帝詔求通曉《尚書》的學者，慕伏勝的聲名，想把他召到長安。這時伏勝年已九十餘，老不能成行。漢文帝就派晁錯到他家裏學習。見《漢書．儒林傳》。

5　**管、樂**：管仲和樂毅。管仲，春秋時齊桓公相，有功於齊國的霸業。樂毅，戰國燕昭王亞卿，善於用兵，連合楚、魏、韓、趙攻齊，下齊七十餘城。

6　**"終與"二句**：出處，猶言進退。沮、溺，長沮、桀溺，是春秋時的隱者，曾對孔子的終日棲棲遑遑，忙於求用於世，致以嘲諷。詩意是要和何昌浩同進退，而不與長沮、桀溺之流為伍。

憶襄陽舊遊贈馬少府巨

昔為大堤客[1]，曾上山公樓[2]。開窗碧嶂滿[3]，拂鏡滄江流[4]。高冠佩雄劍，長揖韓荊州[5]。此地別夫子，今來思舊遊。朱顏君未老，白髮我先秋。壯志恐蹉跎，功名若雲浮。歸心結遠夢，落日懸春愁。空思羊叔子，墮淚峴山頭[6]。

注釋

1　**大堤**：襄陽城外有大堤。《湖廣志》："大堤東臨漢江，西自萬山，經澶溪、土門、白龍池、東津渡，復至萬山之麓，周圍四十餘里。"

2　**山公樓**：晉山簡為襄陽太守，山公樓是其遺跡，今亡其所在。參見《襄陽曲四首》其二注 1（頁 124）。

3　**碧嶂**：屏障似的山峯。這裏指襄陽城外的峴山。

4　**滄江**：這裏指漢水。

5　**韓荊州**：韓朝宗於唐開元中任荊州長史，李白曾投書干謁，其集中有《與韓荊州書》。

6　**"空思"二句**：晉羊祜，字叔子，鎮襄陽。《太平御覽》引《荊州圖記》云："羊叔子與鄒潤甫嘗登峴山，嘆曰：'自有宇宙，便有此山，由來賢達登此遠望，如我與卿者多矣，皆湮沒無聞，思此令人悲傷。’潤甫曰：‘公德冠四海，道嗣前哲，令聞令望，必與此山俱傳。若潤甫輩，當如公語耳。’後參佐為立碑著故望處，百姓每行望碑，莫不悲感。杜預名為墮淚碑。”參見《襄陽曲四首》其三注 2（頁 125）。

贈溧陽宋少府陟[1]

李斯未相秦，且逐東門兔[2]。宋玉事襄王，能為《高唐賦》[3]。當聞《淥水曲》[4]，忽此相逢遇。掃灑青天開，豁然披雲霧[5]。葳蕤紫鸞鳥[6]，巢在崑山樹[7]。驚風西北吹，飛落南溟去[8]。早懷經濟策[9]，特受龍顏顧[10]。白玉棲青蠅[11]，君臣忽行路[12]。人生感分義[13]，貴欲呈丹素[14]。何日清中原，相期廓天步[15]。

注釋

1 **溧陽**：唐宣州有溧陽縣，屬江南西道。

2 **"李斯"二句**：李斯，秦始皇丞相，楚上蔡人（今河南上蔡縣）。二世二年（前 208），腰斬於咸陽市。《史記・李斯列傳》："斯出獄，與其中子俱執，顧謂其中子曰：'吾欲與若復牽黃犬，出上蔡東門逐狡兔，豈可得乎？'遂父子相哭而夷之族。"

3 **《高唐賦》**：參見《古風五十九首》其五十八注 3（頁 039）。

4 **《淥水曲》**：淥，清澈。一作"綠"。按之詩意，此《淥水曲》似為宋陟所作。

5 **“掃灑”二句**：用晉人樂廣的故事來稱美宋陟。《晉書·樂廣傳》：“尚書令衛瓘，見廣而奇之。……曰：‘此人之水鏡，見之瑩然，若披雲霧而覩青天也。’”

6 **葳蕤**：本來形容草木豐美，這裏借來描寫紫鸞羽毛紛披。**紫鸞**：古代傳説的瑞鳥，似鳳，五彩而多青色。

7 **崑山**：崑崙山的簡稱。古代傳説鸞鳳棲息在崑崙山的樹林裏。

8 **南溟**：南海。《莊子·逍遙遊》：“是鳥也，海運則將徙於南冥。南冥者，天池也。”

9 **經濟策**：治國理民的方略。

10 **龍顏**：皇帝的容顏，也是皇帝的代詞。

11 **“白玉”句**：陳子昂《宴胡楚真禁所》：“青蠅一相點，白璧遂成冤。”古人用青蠅來比喻進讒的小人。《埤雅》：“青蠅糞尤能敗物，雖玉猶不免，所謂蠅糞點玉是也。”

12 **“君臣”句**：承上句，李白自言被人進讒於唐玄宗，頓時君臣關係冷淡得像陌路人一樣。

13 **分（音份）義**：義氣和情分。

14 **丹素**：忠誠純潔的心。

15 **廓天步**：《詩·小雅·白華》：“天步艱難。”廓，開擴。天步，猶言國運。古人迷信國家的前途是天定的，故稱。沈約《法王寺碑》：“因斯而運斗樞，自茲而廓天步。”

醉後贈從甥高鎮

馬上相逢揖馬鞭，容中相見客中憐。欲邀擊筑悲歌飲[1]，正值傾家無酒錢。江東風光不借人，枉殺落花空自春[2]。黃金逐手快意盡，昨日破產今朝貧。丈夫何事空嘯傲？不如燒卻頭上巾[3]。君為進士不得進[4]，我被秋霜生旅鬢[5]。時清不及英豪人，三尺童兒唾廉藺[6]。匣中盤劍裝䱜魚[7]，閑在腰間未用渠[8]。且將換酒與君醉，醉歸託宿吳專諸[9]。

注釋

1 **“欲邀”句**：《史記．刺客列傳》：“荊軻嗜酒，日與狗屠及高漸離飲於燕市。酒酣以往，高漸離擊筑，荊軻和而歌於市中，相樂也；已而相泣，旁若無人。”

2 **“江東”二句**：詩意是江東的春天轉眼就要過去，如不及時行樂，等到落紅遍地，就辜負大好風光了。

3 **頭上巾**：古人常常說儒冠誤身，意思是讀書求仕進，把人生樂事都躭誤了。

4 **“君為”句**：進士，唐代科舉制度，士人考中進士科，就稱為“進士”。詩意是説高鎮雖然中了進士，仍不能取得較高的官位。

5 **秋霜**：白髮。

6 **“時清”二句**：天下無事，爵祿不及豪傑之士，雖如廉頗、藺相如，也不免遭受無知小兒的輕視。廉頗、藺相如，戰國時趙國的有名將相。京劇《將相和》就是演他們二人的故事。

7 **鯌魚**：《集韻》：“鯌，魚名，鼻前有骨如斧斤。”據此推測，似為雙髻鯊科的大型鯊魚。這種鯊魚性極兇猛，體長達三米餘，頭部扁平，前兩側擴展為錘狀突出，所謂“有骨如斧斤”，當指此。鰭就是魚翅，皮可製刀劍鞘。古代也稱之為鮫魚。

8 **未用渠**：沒有用它。渠，它。詩意雙關，説的是寶劍，實際比喻豪傑之士。

9 **吳專諸**：專諸，堂邑人，伍子胥從楚國逃亡到吳國，兩人在途中相遇。子胥從專諸的相貌舉止觀察，知道此人是個勇士，就私下結交為友。後來伍子胥聽説吳公子光想刺殺吳王僚，就把專諸推薦給公子光。公子光乘宴請吳王僚的機會，讓專諸把利劍藏入魚腹，就席間刺殺了吳王僚。專諸也被吳王左右所殺。見《吳越春秋》和《史記・刺客列傳》。這句意思是等喝醉了，就借宿於像專諸那樣的俠客之家。

在水軍宴贈幕府諸侍御[1]

月化五白龍[2]，翻飛凌九天[3]。胡沙驚北海，電掃洛陽川[4]。虜箭雨宮闕[5]，皇輿成播遷[6]。英王受廟略，秉鉞清南邊[7]。雲旗卷海雪[8]，金戟羅江煙。聚散百萬人，弛張在一賢[9]。霜臺降羣彥[10]，水國奉戎旃[11]。繡服開宴語，天人借樓船[12]。如登黃金臺，遙謁紫霞仙[13]。卷身編蓬下[14]，冥機四十年[15]。寧知草間人，腰下有龍泉[16]。浮雲在一決[17]，誓欲清幽燕[18]。願與四座公，靜談金匱篇[19]。齊心戴朝恩[20]，不惜微軀捐[21]。所冀旄頭滅[22]，功成追魯連[23]。

注釋

1　幕府：行軍使用帳幕，因而轉用於稱呼將軍處理公事的軍府為“幕府”；也寫作“莫府”。

2　“月化”句：慕容熙建始元年（407），太史丞梁延年夢月化為五白龍，以為月是臣，龍是君主，月化為龍，當有臣篡位為君。見《十六國春秋．後燕錄》。這裏是指安史之亂。

3　凌：上達。

4　**“胡沙”二句**：詩意是北方地區受胡人騷擾，而且閃電般掃蕩了洛陽一帶。

5　**雨**：動詞，讀去聲。詩意是敵人的亂箭如雨般射向宮殿。

6　**“皇輿”句**：皇輿，皇帝的車駕。詩意是説唐玄宗避亂入四川，播遷流離。

7　**英王**：指永王璘。這首詩是李白在永王璘水軍中所作，參看《永王東巡歌十一首》(頁 183)。**廟略**：國家的重大決策。**秉鉞**：掌握軍權。鉞，古兵器，即圓刃大斧。兩句詩意是説永王璘接受唐玄宗的詔令，征討南方叛軍。

8　**雲旗**：高入雲霄的軍旗。

9　**“弛張”句**：《禮．雜記》：“一弛一張，文武之道也。”詩意是百萬士卒的聚散，操縱於一人之手。

10　**霜臺**：御史臺的別稱，唐代的中央監察機構，設侍御史、殿中侍御史、監察御史等職，負責糾彈失職或不法官吏。前人稱御史是“風霜之任”，所以稱御史臺為“霜臺”；也就是説稱職的御史，要嚴肅認真，不徇私情，像降落於萬物的秋霜般沒有絲毫偏袒。**羣彥**：許多有才幹的人，這裏指眾御史。

11　**“水國”句**：水國，同水鄉。江南河汊縱橫，故稱。戎旃，軍旗。這句詩意是在江南參加永王璘的軍府。

12　**“繡服”二句**：《漢書．百官公卿表》：“侍御史有繡衣直指，出討奸滑，治大獄，武帝所制，不常置。”顏師古注：“衣以繡者，尊寵之也。”李白詩中常用“繡服”為御史的代稱，即繡衣也。天人，邯鄲淳在曹操面前讚嘆曹植的才學，稱為天人。見《魏略》。這裏指永王璘。詩意是説永王璘在戰船上宴請僚屬。

13　**“如登”二句**：黃金臺，也稱賢士臺或招賢臺，李善《文選》注：“上谷郡，《圖經》曰：黃金臺在易水東南十八里，燕昭王置千金於臺上，以延天下之士。”一説在今北京市東郊，“燕京八景”中有“金臺夕照”，即其故址。紫霞仙，雲中的仙人，指永王璘。這兩句詩意是説李白自己參加了這次宴會，彷彿登上了招賢的黃金臺，遠遠謁見如雲中仙人般的永王璘。

14　**“卷身”句**：委屈地住在草屋裏，意思是屈居草野，與下面的“草間人”意思相同。

15　**冥機**：同息機，默然不聞世事。

16　**龍泉**：古劍名，本作龍淵，春秋時歐冶子、干將所造，因避唐高祖李淵諱改稱。

17　**“浮雲”句**：《莊子·説劍》：“上決浮雲，下絕地紀。”

18　**清幽燕**：平定從幽燕起兵造反的安祿山之亂。

19　**金匱篇**：《隋書·經籍志》有《太公金匱》兩卷。這裏是指兵書。“金匱”，古代國家藏書之處。

20　**戴**：心感。《淮南子·謬稱》：“凡行戴情，雖過無怨。”注：“戴，心所感也。情，誠也。”

21　**捐**：放棄。

22　**冀**：期望。**旄頭**：昴星。古以昴星為胡星，安祿山是胡人，所以借此作詛咒之詞。參見《胡無人》注 9（頁 080）。

23　**“功成”句**：參見《古風五十九首》其十注 2（頁 014）。

贈易秀才

少年解長劍，投贈即分離。何不斷犀象[1]，精光暗往時[2]。蹉跎君自惜[3]，竄逐我因誰[4]？地遠虞翻老[5]，秋深宋玉悲[6]。空摧芳桂色，不屈古松姿。感激平生意，勞歌寄此辭。

注釋

1 **斷犀象**：曹植《七啓》：“步光之劍，華藻繁縟，陸斷犀象，未足稱儁。”參見《獨漉篇》注 5（頁 087）。

2 **“精光”句**：精光，劍的光鋩。用劍喻人，説鋒鋩不如往時鋭利。

3 **蹉跎**：虛度光陰。

4 **竄逐**：流放。李白因從永王璘謀反，長流夜郎。

5 **虞翻**：三國吳人，性情疏放率直，多次酒醉失言，為孫權所不滿，被貶逐到交州（今廣東廣州市）。他在貶所待罪，仍舊講學不倦，常聚門徒數百人。留居十餘年，年七十卒。見《三國志・吳書・虞翻傳》。

6 **宋玉悲**：宋玉《九辯》：“悲哉！秋之為氣也。”前人詩中常用宋玉悲秋這個典故，如杜甫《詠懷古跡》其二：“搖落深知宋玉悲。

江夏贈韋南陵冰[1]

胡驕馬驚沙塵起[2]，胡雛飲馬天津水[3]。君為張掖近酒泉[4]，我竄三巴九千里[5]。天地再新法令寬[6]，夜郎遷客帶霜寒。西憶故人不可見，東風吹夢到長安。寧期此地忽相遇[7]，驚喜茫如墮煙霧。玉簫金管喧四筵，苦心不得申長句[8]。昨日繡衣傾綠樽[9]，病如桃李竟何言[10]！昔騎天子大宛馬，今乘款段諸侯門[11]。賴遇南平豁方寸[12]，復兼夫子持清論。有似山開萬里雲，四望青天解人悶。人悶還心悶，苦辛長苦辛。愁來飲酒二千石[13]，寒灰重暖生陽春[14]。山公醉後能騎馬[15]，別是風流賢主人[16]。頭陀雲月多僧氣，山水何曾稱人意[17]。不然鳴笳按鼓戲滄流[18]，呼取江南女兒歌棹謳[19]。我且為君槌碎黃鶴樓，君亦為吾倒卻鸚鵡洲。赤壁爭雄如夢裏[20]，且須歌舞寬離憂[21]。

注釋

1　江夏：參見《江夏行》注 1（頁 189）。南陵：今安徽南陵縣，唐時宣州宣城郡有南陵縣，隸江南西道。

2　**胡驕**：《漢書 · 匈奴傳》："孝惠、高后時，冒頓寖驕。"冒頓，匈奴單于。驕，自許不凡。這裏指安祿山。

3　**"胡雛"句**：胡雛，猶言胡兒。天津，洛水上的浮橋。這裏説安祿山叛軍已入洛陽。參見《古風五十九首》其十八。

4　**張掖、酒泉**：與武威、敦煌為漢河西四郡。

5　**三巴**：參見《長干行》注 11（頁 101）。李白雖流放夜郎，但到巫山就遇赦，所以詩中説"竄三巴"。

6　**天地再新**：得罪遇赦，猶如重見天日。

7　**寧期**：豈料。

8　**"申長句**：唐時以七言古詩為長句，這裏泛説作詩。

9　**繡衣**：參見《在水軍宴贈幕府諸侍御》注 12（頁 204）。**綠樽**：酒杯。

10　**桃李**：《史記 · 李將軍列傳》："桃李無言，下自成蹊。"詩中只取"無言"一語以表無可訴説的衷情。

11　**"昔騎"二句**："大宛馬"：漢代西域大宛國所產名馬。款段，跑不快的劣馬。兩句詩意是回憶當年騎過皇帝賜給的大宛馬，眼下卻只能跨着慢騰騰的劣馬去見地方官。

12　**南平**：指李白族弟南平太守李之遙。唐南平郡在今四川重慶市一帶。**豁**：開豁，啓發。

13　**二千石**：舊時用石、斗、升來量酒，二千石是藝術誇張。

14　**"寒灰"句**：酒後全身發熱，心情也頓時愉快起來，彷彿死灰復燃，枯木逢春。

15　**山公**：參見《襄陽曲四首》其二注 1（頁 184）。

16　**別是**：更是。**賢主人**：指韋冰。

17　**"頭陀"二句**：頭陀寺原在湖北武漢市黃鶴山。詩意是説頭陀寺的雲和月也帶有僧人的氣味，山水又何曾令人滿意。

18 **不然**：不如。**笳**：古管樂器名。漢時流行於西北邊塞。清代形制有三孔，木製，兩端彎曲。一說捲蘆葉而成。

19 **棹謳**：即櫂歌，船夫之歌。

20 **赤壁**：在湖北武漢市武昌縣西赤壁磯。東漢建安三年（198）孫權、劉備聯軍敗曹操於此。蘇軾誤以為在湖北黃岡縣城西北江濱。

21 **且須**：且，姑且；須，有自義，待義。且須，猶言且自、且待。

宿清溪主人[1]

夜到清溪宿，主人碧巖裏。簷楹挂星斗，枕席響風水。月落西山時，啾啾夜猿起[2]。

注釋

1　清溪：在安徽貴池縣。

2　啾啾：《楚辭．九歌》："猿啾啾兮狖夜鳴。"

這首詩寥寥三十字，寫出山中清寂氣氛，使讀者彷彿置身其間。

巴陵贈賈舍人[1]

賈生西望憶京華，湘浦南遷莫怨嗟。聖主恩深漢文帝，憐君不遣到長沙。

注釋

1 **巴陵**：唐郡名，即岳州，治所在今湖南岳陽縣。**賈舍人**：賈至，字幼鄰，擢明經第。唐玄宗因避安祿山之亂逃亡入蜀，至相從，拜為起居舍人，知制誥，歷中書舍人。至德中，犯小法，貶岳州司馬，在此與李白相遇。

這首詩活用漢朝賈誼出為長沙王太傅故事。後兩句詩意是：君王因為可憐你，才不讓你像賈誼那樣遠遣長沙，而只到巴陵為止，恩情比漢文帝深得多了。長沙在洞庭湖南，比巴陵遠五百五十里。

對雪醉後贈王歷陽[1]

有身莫犯飛龍鱗[2]，有手莫辮猛虎鬚[3]。君看昔日汝南市，白頭仙人隱玉壺[4]。子猷聞風動窗竹[5]，相邀共醉杯中綠。歷陽何異山陰時，白雪飛花亂人目。君家有酒我何愁，客多樂酣秉燭遊[6]。謝尚自能鸜鴒舞[7]，相如免脫鷫鸘裘[8]。清晨鼓棹過江去[9]，千里相思明月樓。

注釋

1　**歷陽**：唐縣名，屬和州歷陽郡，在今安徽和縣。

2　**"有身"句**：《韓非子・説難》："夫龍之為蟲也，柔可狎而騎也，然其喉下有逆鱗徑尺，若有人嬰之者，則必殺人。人主亦有逆鱗，説者能無嬰人主之逆鱗則幾矣！"是説人君多惡直諫，犯之必怒，猶如龍有逆鱗。

3　**"有手"句**：《莊子・盜跖》："疾走料虎頭，編虎鬚，幾不免虎口哉！"今俗語有搔虎頭、弄虎梢。

4　**"君看"二句**：汝南費長房為市掾，見有長者自遠方來市賣藥，常在屋外掛一空壺，日落時跳進壺中，人不能見。只有長房在樓上看到，心知不是凡人，就每天到長者座前灑掃，還餽送食物。長者也從不表示感激。日子長了，長者看出長房誠實，就讓長房在黃昏時分到他那裏，跟着跳進壺中 只見裏面竟是神仙世界，宮觀樓閣，巍峨壯觀，長者左右有數十人侍奉，對長房說："我是仙人，本來在天上當官，因為辦事不力，被謫人間，你是有道之人，所以能夠見到我。" 長者沒有姓名，因稱為壺公。見《神仙傳》。

5　**子猷**：晉王徽之字。家住山陰（今浙江紹興縣），夜大雪，醒起開門，命家人備酒，乘小船往訪友人戴安道。

6　**秉燭遊**：《古詩十九首》其十五："晝短苦夜長，何不秉燭遊。"

7　**謝尚**：晉時人，王導辟為掾。初到任，適逢大宴會。王導聽說謝尚能作鸜鵒舞，請他表演。謝尚滿口答應，立刻換裝起舞。導讓賓客擊掌趁拍，尚應聲上下，旁若無人。見《晉書·謝尚傳》。**鸜鵒**：鳥名，即八哥。

8　**相如**：司馬相如，曾用自著的鷫鸘裘向成都市人陽昌賒酒。"鷫鸘"：亦作鷫鷞。《說文》："鷫，鷫鷞也，五方神鳥也。東方發明，南方焦明，西方鷫鷞，北方幽昌，中央鳳凰。" 又羅願《爾雅翼》："鷫鷞，水鳥，蓋雁屬也。" 高誘注《淮南子》："長脛，綠色，其形似雁。"

9　**鼓棹**：意同擊楫。鼓，敲擊。棹，同櫂，船旁撥水的工具，長者為棹，短者為楫。

贈從弟冽

楚人不識鳳，重價求山雞[1]。獻主昔云是，今來方覺迷[2]。自居漆園北，久別咸陽西[3]。風飄落日去，節變流鶯啼[4]。桃李寒未開，幽關豈來蹊[5]。逢君發花萼[6]，若與青雲齊。及此桑葉落，春蠶起中閨。日出布穀鳴，田家擁鋤犁[7]。顧余乏尺土，東作誰相攜[8]。傳說降霖雨[9]，公輸造雲梯[10]。羌戎事未息[11]，君子悲塗泥[12]。報國有長策，成功羞執珪[13]。無由謁明主，杖策還蓬藜[14]。他年爾相訪，知我在磻溪[15]。

注釋

1　"楚人"二句：傳説有楚人受騙，用高價買了一隻山雞，以為是鳳凰，準備獻給楚王，不料第二天就死了。他對花了冤枉錢倒並不後悔，只恨沒能進獻。楚王感激他的誠意，召見了他，並且厚給賞賜，十倍於購價。見《太平廣記》。

2　"獻主"二句：詩意是李白自嘆當年初進長安，也像楚人獻山雞似的一片誠心，結果被放出京，現在才覺得錯了。

3　"自居"二句：漆園，在今山東菏澤縣；莊周為漆園吏的漆園即此。咸陽，指長安。詩意是李白自叙從長安到了山東。

4 **節變**：節序變換。**流鶯**：黃鶯又名黃鳥、黃鸝。通體金黃色，鳴聲清脆，富音樂性。雄雌常在樹叢中相逐，載飛載鳴。

5 **“桃李”二句**：《史記．李將軍列傳》：“桃李不言，下自成蹊。”意思是桃李雖然不會説話，但春暖花開，遊人爭來觀賞尋樂，花下自然踏出路來。幽關，僻靜的門戶。這兩句詩意是李白用桃李自喻，把自己比作寒天沒有開花的桃李，功名沒有成就，又有誰來訪問這冷落的門庭呢？

6 **“逢君”句**：君，指李冽。古人用花和萼比喻兄弟。萼，花托。詩意是兄弟相遇，彷彿花開萼放。

7 **“及此”四句**：詩意是現在正值蠶桑季節，天亮就聽到布穀的鳴聲，催人耕作。布穀，參見《荊州歌》注 5（頁 092—093）。

8 **“顧余”二句**：東作，春耕。《尚書．堯典》：“平秩東作。”孔安國傳：“歲起於東而始就耕，謂之東作。”詩意是説自己沒有一片田地，又有誰來相約一同春耕呢？

9 **傳説**（音悦）：商王武丁的大臣，徵自民間，極受倚重，被商王看作大旱之遇甘霖。見《尚書．説命》。

10 **公輸**：名般，春秋魯國人，所以也稱魯班，舉世知名的巧匠，曾造雲梯攻宋。

11 **羌、戎**：古代西北的部族。這裏是指吐蕃、回紇。

12 **塗泥**：即泥塗，《左傳．襄公三十年》：“使吾子辱在泥塗久矣。”意思是沉淪下僚，不得重用。

13 **執圭**：高誘注《周禮》：“侯執信圭，言爵之為侯也。”所以“執圭”是封侯的同義語。

14 “無由”二句：蓬藜，草野。詩意是不能見到皇帝，只好退居民間。

15 磻（音盤）溪：殷末呂望釣於磻溪。在今陝西寶雞市東南，源出南山茲谷，北流入渭水。

根據這首詩，可見李白的自負和本有用世的志趣。

贈錢徵君少陽

白玉一杯酒，綠楊三月時。春風餘幾日，兩鬢各成絲。秉燭惟須飲，投竿也未遲[1]。如逢渭水獵，猶可帝王師[2]。

注釋

1 投竿：釣魚。

2 "如逢"二句：呂望釣於渭水上游的磻溪，適逢周文王前來打獵，遂同車而歸，立為師。據考證，這時錢少陽已是八十餘歲高齡，所以詩用呂望為喻。

贈汪倫[1]

李白乘舟將欲行，忽聞岸上踏歌聲[2]。桃花潭水深千尺，不及汪倫送我情。

注釋

1 **汪倫**：李白遊涇縣西南桃花潭，村人汪倫常以美酒相待；離去時，又到船邊相送，白特意賦詩贈別。見楊齊賢注《李太白文集》。

2 **踏歌**：一種民間唱歌藝術，手拉着手，兩腳踏着拍子唱歌。

淮南臥病書懷寄蜀中趙徵君蕤[1]

吳會一浮雲[2]，飄如遠行客[3]。功業莫從就[4]，歲光屢奔迫[5]。良圖俄棄捐[6]，衰疾乃綿劇[7]。古琴藏虛匣，長劍挂空壁[8]。楚懷奏鍾儀[9]，越吟比莊舄[10]。國門遙天外，鄉路遠山隔[11]。朝憶相如臺[12]，夜夢子雲宅[13]。旅情初結緝[14]，秋氣方寂歷[15]。風入松下清，露出草間白。故人不可見，幽夢誰與適[16]。寄書西飛鴻，贈爾慰離析[17]。

注釋

1　**淮南**：唐貞觀十道、開元十五道之一，轄境相當於今淮河以南、長江以北、東至海、西至湖北應山、漢陽一帶。開元時治所在揚州（今江蘇揚州市）。**趙蕤**：字太賓，鹽亭人（今四川鹽亭縣），著《長短經》十卷六十三篇，研討王霸之術。玄宗多次下詔徵召，不就。李白出蜀以前，曾到他家拜訪。**徵君**：對朝廷徵召的人的稱呼。

2　**吳會**：吳郡和會稽郡。這裏泛指吳越之地。

3　**飄**：行跡不定貌。

4　**從就**：成就。

5　**歲光**：年光。**奔迫**：快而短促。

6　**良圖**：美好的想法。**俄**：俄頃，頃刻之間。**棄捐**：放棄。

7　**衰疾**：老病。**綿**：纏綿。**劇**：加重，厲害。

8　**"古琴"二句**：藏虛匣，就是虛藏匣，挂空壁，就是空掛壁；虛、空都是徒然的意思。

9　**"楚懷"句**：春秋戰國時，楚國伶人鍾儀，被囚於晉國，仍然戴着南方慣用的帽子。晉君讓他彈琴，仍然彈着楚國的曲調。晉大臣范文子說：彈琴而保持鄉土之音，是不忘本的表現。見《左傳·成公九年》。

10　**"越吟"句**：春秋時越國人莊舄到楚國做官，後來身患重病，因為思念故國，滿口越語，沒有楚聲。見《史記·陳軫列傳》。以上連用兩個典故，表示懷鄉心切。

11　**"國門"二句**：國門，都門。詩意是說自己身在揚州，長安既遠在天外，而還鄉的道路又這樣漫長，且為高山所阻隔。

12　**相如臺**：漢司馬相如琴臺，傳在成都城外浣花溪海安寺南，見《成都志》。

13　**子雲宅**：漢揚雄故宅，傳在今成都市舊城內西南。以上兩句，表示對趙蕤的懷念。

14　**結緝**：糾合。

15　**寂歷**：凋落寂寞的樣子。

16　**"故人"二句**：詩意是見不到趙蕤，連夢中也不能在一起。

17　**慰離析**：安慰離別之情。離析，分離。

望終南山寄紫閣隱者[1]

出門見南山，引領意無限。秀色難為名[2]，蒼翠日在眼。有時白雲起，天際自舒卷。心中與之然[3]，託興每不淺[4]。何當造幽人[5]，滅跡棲絕巘[6]。

注釋

1 **終南山**：又稱南山，據《括地志》云，別名有中南山、太乙山、周南山、地肺山、橘山、楚山、秦山等。在陝西西安市南，秦嶺山脈的一部分。東接驪山、太華，西連太白，至於隴山。南入楚塞，連屬東西諸山，周迴數百里。紫閣峯是其中一峯，形如高聳的樓閣，日光照射作紫色，故名。

2 **難為名**：莫可名狀，非言語所能形容。

3 **"心中"句**：與，同許。詩意是對南山蒼秀的景色，中心嚮往。

4 **"託興"句**：寄託以高度的興趣。

5 **"何當"句**：何當，何若，不如。詩意是不如到隱者那裏。

6 **滅跡**：隱藏不露蹤跡。**絕巘**：高峯。

沙丘城下寄杜甫[1]

我來竟何事？高臥沙丘城[2]。城邊有古樹，日夕連秋聲[3]。魯酒不可醉，齊歌空復情[4]。思君若汶水，浩蕩寄南征[5]。

注釋

1 **沙丘城**：據詩意當在山東汶水附近。**杜甫**：（712—770）與李白同時的大詩人，字子美，河南鞏縣（今河南鞏縣）人。審言孫。開元中遍遊吳越齊趙。天寶五載（746）入長安謀事不成，困頓十年，才得右衛率府冑曹參軍的小官。安史亂起，為叛軍所俘。脱險後，授官左拾遺，又貶為華州司功參軍。乾元二年（759）棄官西行，度關隴，在秦州同谷作短暫勾留後，到四川成都定居。曾在西川節度使嚴武幕中任參謀，檢校工部員外郎。永泰元年（765）東遊，中途在夔州滯居二年。大曆三年（768）携家出峽，漂泊兩湖一帶，卒於郴州道中。有《杜少陵集》。

2 **高臥**：閑居。

3 **日夕**：猶今言日日夜夜。

4 **"魯酒"二句**：《莊子 · 胠篋》："魯酒薄而邯鄲圍。"傳説楚王大會諸侯，魯趙諸國獻酒，管酒的官向趙國索酒未遂，把味薄的魯酒冒充趙酒進獻。楚王認為趙酒薄，不恭，派兵包圍邯鄲。後世用魯酒作為薄酒的代詞。此時李白正在山東，詩意雙關，是説獨飲魯酒，覺得無味，也就難以喝醉；獨聽齊歌，更增想念，也就無從慰藉。魯、齊，春秋時國名，都在今山東省境內。

5 **“思君”二句**：汶水，即大汶河，在山東省中部，源出萊蕪縣原山，西南流至泰安縣大汶口與小汶河會合，北注東平湖後流入黃河。詩意是：滿懷思念你的心情，如同浩浩蕩蕩的汶水，追着你一同南去。

這首詩大概作於《魯郡東石門送杜二甫》一詩後不久，其時李白還滯留曲阜附近，所以詩中有“思君若汶水”之句。

聞王昌齡左遷龍標遙有此寄[1]

楊花落盡子規啼，聞道龍標過五溪[2]。我寄愁心與明月，隨風直到夜郎西[3]。

注釋

1 **王昌齡**：（698 一約 757）據《唐書》記載：字少伯，京兆長安（今陝西西安市）人。工詩，登進士第，補校書郎。又中宏辭。遷汜水尉，貶嶺南。北還後於開元末又貶江寧丞。天寶七載（748）再貶龍標尉，世稱王江寧或王龍標。安史亂中還鄉，為刺史閭丘曉所殺。與王之渙、高適、岑參、王維、李白等詩人都有來往。存詩一百八十餘首。**左遷**：貶官降職。**龍標**：唐縣名，在今湖南黔陽縣西南黔城鎮。

2 **五溪**：舊說不一。似指：一辰溪、二酉溪、三巫溪、四武溪、五潕溪。都在舊武陵郡境，即今湘、川、黔三省交界地區，唐時還是荒僻的地方。

3 **夜郎**：唐夜郎縣有三，治所一在今貴州石阡西南，武德四年（621）置，貞觀元年（627）廢；一在今湖南芷江縣西南，貞觀五年（631）置，天寶元年（742）改名峨山；一在貴州正安西北，貞觀十六年（642）置，五代時廢，天寶元年（742）置夜郎郡，設治於此。詩中“夜郎”，按照李白引用地名不採古稱的習慣，應為設治於今貴州正安西北的夜郎郡。所以龍標實位於夜郎之東。看來李白對這一帶的地理並不熟悉，顛倒了兩者的位置。正因為如此，卻成全他做成這首情意深長的好詩。又清劉獻廷《廣陽雜記》卷一：“王昌齡為龍標尉。龍標，即今沅州也。又古有夜郎縣，故有‘夜郎西’之句。若以夜郎為漢夜郎王地者，則相去甚遠，不可解也。”以詩中“夜郎”在今湖南芷江，殊不知芷江之稱夜郎，在天寶元年（742）以前，此年即改名峨山，何況這個夜郎仍在龍標之西。姑錄之以備一說。

寄東魯二稚子[1]

在金陵作

吳地桑葉綠[2]，吳蠶已三眠[3]。我家寄東魯，誰種龜陰田[4]。春事已不及，江行復茫然[5]。南風吹歸心，飛墮酒樓前[6]。樓東一株桃，枝葉拂青煙。此樹我所種，別來向三年。桃今與樓齊，我行尚未旋。嬌女字平陽，折花倚桃邊。折花不見我，淚下如流泉。小兒名伯禽，與姐亦齊肩。雙行桃樹下，撫背復誰憐。念此失次第[7]，肝腸日憂煎。裂素寫遠意[8]，因之汶陽川。

注釋

1　**東魯**：指山東任城（今山東濟寧市），李白曾僑居於此。

2　**吳地**：此詩題下原注"在金陵作"。金陵，今江蘇南京市，春秋時屬吳國。

3　**三眠**：蠶在蛻皮時卧而不食謂之眠，四眠就作繭，三眠是說春蠶已老。

4　**龜陰**：龜山，在今山東新泰縣西南。山北為陰。龜陰就是龜山北坡。

5 **“春事”二句**：春耕已經趕不上，是否乘船回家，我心茫然。

6 **酒樓**：傳說李白在任城築有酒樓，每日和友人在此喝得爛醉，很少醒的時候。見《太平廣記》。

7 **失次第**：猶言方寸已亂，精神失常，難以白持。

8 **素**：白色的絹，古人常用以作書。

廬山謠寄盧侍御虛舟[1]

我本楚狂人，鳳歌笑孔丘[2]。手持綠玉杖[3]，朝別黃鶴樓[4]。五岳尋仙不辭遠[5]，一生好入名山遊。廬山秀出南斗旁[6]，屏風九疊雲錦張[7]，影落明湖青黛光[8]。金闕前開二峯長[9]，銀河倒挂三石梁[10]。香爐瀑布遙相望[11]，迴崖沓嶂凌蒼蒼[12]。翠影紅霞映朝日，鳥飛不到吳天長[13]。登高壯觀天地間，大江茫茫去不還[14]。黃雲萬里動風色，白波九道流雪山[15]。好為廬山謠，興因廬山發。閑窺石鏡清我心，謝公行處蒼苔沒[16]。早服還丹無世情[17]，琴心三疊道初成[18]。遙見仙人綵雲裏，手把芙蓉朝玉京[19]。先期汗漫九垓上，願接盧敖遊太清[20]。

注釋

1 **廬山**：在江西省北部九江市附近，相傳殷周之際有匡氏兄弟七人結廬隱居於此，後仙去，留下空廬，所以稱為廬山，也叫匡山。

2　**“我本”二句**：孔丘到楚國，楚之狂者接輿來車前唱歌。起首兩句是“鳳兮鳳兮，何如德之衰也。”意存諷刺。這裏李白以楚狂自況。

3　**綠玉杖**：飾以綠玉的手杖。

4　**黃鶴樓**：參見《峨眉山月歌送蜀僧晏入中京》注 3（頁 187—188）。

5　**五岳**：泰山、華山、衡山、恒山、嵩山，古時分別稱為東、西、南、北、中五岳。

6　**南斗**：即斗宿，有星六，都屬今人馬座。古人認為地上的州郡分別上應天上的星宿，稱為分野，廬山在春秋時是吳、楚兩國交界處，《晉書．天文志》：“九江入斗一度”，所以詩中說廬山在南斗旁。

7　**“屏風”句**：廬山五老峯有疊石如屏，稱為九疊雲屏或屏風疊。詩意說屏風疊像雲霞錦繡般開張着。

8　**青黛**：青黑色。屏風疊下有九疊谷，古稱相思澗，水深作青黑色。

9　**金闕**：廬山有金闕巖，又名石門。《水經注．江水》：“廬山之北有石門水，水出嶺端，有雙石高竦，其狀若門，因有石門之目焉。水導雙石之中，懸流飛瀑，近三百步許，散漫數十步。”

10　**三石梁**：屏風疊之左有三疊泉，水勢三折而下，如銀河掛在石梁上，故稱。

11　**香爐**：僧慧遠《廬山記》：“東南有香爐峯，游氣籠其上，氤氳若香煙。西南有石門山，其形似雙闕，壁立千餘仞，而瀑布流焉。”

12　**“迴崖”句**：沓嶂，即疊嶂。沓，重疊。蒼蒼，天。詩意是重疊迂迴的山巒上凌青天。

13 **吳天**：廬山在三國時屬吳國。

14 **大江**：長江。

15 **白波九道**：長江流到九江，和九條支流相通。**雪山**：形容江濤飛捲如雪山。

16 **"閑窺"二句**：謝靈運《入彭蠡湖》有"攀崖照石鏡"之句。這兩句是說，想追尋謝靈運所詠的石鏡，可惜他的行跡已被蒼苔遮沒了。

17 **還丹**：道家術語。《廣弘明集》："燒丹成水銀，還水銀成丹，故曰還丹。"李白迷信神仙丹藥，以為服食丹藥，就能逃世仙去。

18 **琴心三疊**：道家術語。《黃庭內景經》："琴心三疊舞胎仙。"梁丘子注："琴，和也。疊，積也。存三丹田，使和積如一。"意思是說，心地和平則精神愉快，正是學道初成的境界。

19 **芙蓉**：蓮花。**玉京**：《枕中書》說道家信奉的元始天王住在天中心之上，名叫玉京山，山中宮殿都用金玉為飾。

20 **"先期"二句**：汗漫，不可知。九垓，九天。盧敖，燕人，秦始皇召為博士，使求神仙，一去不回。傳說他行經北海，遇見一位相貌古怪的人，相約同遊。此人不同意，卻說："吾與汗漫期於九垓之外，吾不可以久駐。"就騰身跳入雲中。詩中"盧敖"，指盧虛舟。太清，最高的天空。道家稱太清、玉清、上清為"三清"。詩意是希望和盧虛舟一同上天求仙。

早春寄王漢陽[1]

聞道春還未相識，走傍寒梅訪消息。昨夜東風入武昌，陌頭楊柳黃金色。碧水浩浩雲茫茫，美人不來空斷腸[2]。預拂青山一片石，與君連日醉壺觴。

注釋

1 王漢陽：漢陽令王某，名不詳。

2 美人：喻王漢陽。

夢遊天姥吟留別[1]

海客談瀛洲[2]，煙濤微茫信難求[3]。越人語天姥[4]，雲霞明滅或可覩。天姥連天向天橫，勢拔五岳掩赤城[5]。天台四萬八千丈，對此欲倒東南傾[6]。我欲因之夢吳越[7]，一夜飛渡鏡湖月[8]。湖月照我影，送我至剡溪。謝公宿處今尚在[9]，淥水蕩漾清猿啼。腳著謝公屐[10]，身登青雲梯[11]。半壁見海日，空中聞天雞[12]。千巖萬轉路不定，迷花倚石忽已暝。熊咆龍吟殷巖泉，慄深林兮驚層巔[13]。雲青青兮欲雨，水澹澹兮生煙[14]。列缺霹靂[15]，丘巒崩摧。洞天石扇[16]，訇然中開[17]。青冥浩蕩不見底[18]，日月照耀金銀臺[19]。霓為衣兮風為馬，雲之君兮紛紛而來下[20]。虎鼓瑟兮鸞回車，仙之人兮列如麻[21]。忽魂悸以魄動，怳驚起而長嗟。惟覺時之枕席，失向來之煙霞[22]。世間行樂亦如此，古來萬事東流水。別君去兮何時還？且放白鹿青崖間[23]，須行即騎訪名山。安能摧眉折腰事權貴[24]，使我不得開心顏。

注釋

1　**天姥**（音母）：山名，在浙江天台縣西北，新昌縣東，臨近曹娥江上游的剡（音閃陽去聲）溪。傳説登山的人可以聽到天姥仙人的歌聲。剡溪附近名山很多，所謂"千巖競秀，萬壑爭流"，東晉以來許多名流在此隱居。李白十分嚮往這裏的山水之美，是他從山東任城離家南遊的主要目的之一。這首詩是臨行所作，詩題一作《別東魯諸公》，《河岳英靈集》作《夢游天姥山別東魯諸公》。

2　**瀛洲**：傳説中的海上三座神山之一。

3　**微茫**：迷離，依稀。

4　**越**：天姥山在春秋越國境內。

5　**五岳**：參見《廬山謠寄盧侍御虛舟》注 5（頁 229）。**赤城**：山名，是天台山的一支。

6　**"天姥"二句**：形容天姥山的高峻，像橫亘天上，天台山也傾伏在它的東南面。

7　**"我欲"句**：詩意是我因天姥山而夢裏也到吳、越去。

8　**鏡湖**：又名鑒湖，在浙江紹興縣西南。

9　**謝公**：指謝靈運，南朝宋陽夏人，謝玄之孫，襲封康樂公。博學，工書畫，詩文縱橫俊發。初為永嘉太守，縱情山水，不理政務，免歸。起復為臨川內史，被糾徙廣州，後因謀叛處斬。見《宋書·謝靈運傳》。

10　**謝公屐**：謝靈運特製的遊山屐，上山去前齒，下山去後齒。

11　**青雲梯**：上山的石級，高入雲霄。

12　**天雞**：《述異記》下："東南有桃都山，上有大樹，名曰桃都。枝相去三千里，上有天雞。日初出照此木，天雞則鳴，天下之雞皆隨之鳴。"

13 **“熊咆”二句**：殷，殷殷，雷聲。這句詩意是泉聲如雷，又如熊的咆哮，龍的高吟，使深林為之顫抖，層崖為之震驚。

14 **澹澹**：水搖動貌。

15 **列缺**：閃電。**霹靂**：雷鳴。

16 **石扇**：一作“石扉”，石門。

17 **訇**（音轟）：大聲。

18 **青冥**：高空。詩意是洞中別有天地。

19 **金銀臺**：神仙居住的地方。郭璞《游仙詩》：“神仙排雲出，但見金銀臺。”

20 **雲之君**：即《楚辭·九歌》中的雲中君。

21 **“虎鼓瑟”二句**：虎鼓瑟，張衡《西京賦》：“白虎鼓瑟，蒼龍吹篪。”鸞回車，《太平御覽》引《白羽經》：“太真丈人登白鸞之車，駕黑風於九源。”列如麻，形容神仙眾多。這兩句是説雲中君自天而下，儀仗侍從極盛。

22 **向來**：指夢境。

23 **白鹿**：《楚辭·哀時命》：“浮雲霧而入冥兮，騎白鹿而容與。”

24 **摧眉折腰**：低頭呵腰。蕭統《陶淵明傳》：“淵明嘆曰：‘我豈能為五斗米折腰向鄉里小兒。’”

這首詩自“一夜飛渡”起進入夢境，然後以縱橫馳騁的幻想，神奇瑰麗的描繪，使人覺得李白在夢中確實見到一座變化多姿的仙山：日月照耀，煙霞浮蕩，峯巒隱現，泉澗轟鳴，忽而邱巒崩摧，洞天中開，列仙如麻，簇擁着雲中君自天而降，鼓瑟回車，儀仗甚盛，終於驚悸而醒，用“惟覺時之枕席，失向來之煙霞”兩句，坐實確是夢遊，急轉直下，筆力千鈞。最後四句，點出南遊宗旨。

金陵酒肆留別

風吹柳花滿店香，吳姬壓酒喚客嘗[1]。金陵子弟來相送[2]，欲行不行各盡觴。請君試問東流水，別意與之誰短長[3]。

注釋

1 **吳姬**：吳地的女子。**壓酒**：新酒初熟，壓糟取飲。

2 **金陵**：參見《金陵城西樓月下吟》注 1（頁 169）。

3 **"請君"二句**：之，指東流水。別意，別情。詩意是請你問問東去的流水，它和離別的情意相比，究竟哪個更長呢？

黃鶴樓送孟浩然之廣陵[1]

故人西辭黃鶴樓[2]，煙花三月下揚州[3]。孤帆遠影碧空盡，惟見長江天際流[4]。

注釋

1 **黃鶴樓**：參見《峨眉山月歌送蜀僧晏入中京》注 3（頁 187—188）。**孟浩然**：參見《贈孟浩然》注 1（頁 195）。**廣陵**：唐天寶至德間，改揚州為廣陵郡，治所在江都（今江蘇揚州市），轄境相當於今江蘇揚州市、泰州市及江都、高郵、寶應等縣地。

2 **故人**：指孟浩然，是李白舊友，故稱。**西辭**：西向辭別。

3 **煙花**：廣陵是東晉、南朝的大鎮；郡治所在的江都，唐時是重要的對外貿易港。"煙花"是形容春天時那裏的繁華熱鬧景象。

4 **"孤帆"二句**：李白自己望着孟浩然所乘的一葉孤帆漸漸從藍藍的遠空中消失，惟有眼前的長江不停地向東方天邊流去，隱喻無盡的離情別緒。

渡荊門送別[1]

渡遠荊門外，來從楚國遊[2]。山隨平野盡，江入大荒流[3]。月下飛天鏡，雲生結海樓[4]。仍憐故鄉水，萬里送行舟[5]。

注釋

1 **荊門**：山名，在今湖北宜都縣西北，長江南岸。楊齊賢："荊門軍有山名荊門，蜀云諸山，至此不復見矣。"荊門、虎牙兩山，是楚國的西塞。《水經注・江水》："江水東楚荊門、虎牙之間。"

2 **"渡遠"二句**：乘船遠出荊門，到楚國遊歷。春秋時楚國在滅吳以前，轄境相當於今湖北、湖南一帶。

3 **"山隨"二句**：舟行進入平原，回望山巒在視線中消失，大江流向茫無涯際的大地。

4 **"月下"二句**：月亮照影入江，像是天上飛落的明鏡，浮雲在江面升起，變幻而成海市蜃樓。海市蜃樓是日光在水面不同密度的空氣層中折射而形成的幻景。以上四句，氣象闊大，可與杜甫《旅夜書懷》中"星垂平野闊，月湧大江流"一聯並讀。

5 **"仍憐"二句**：憐，愛。故鄉水，長江上游流經四川，四川是李白的故鄉。詩意是乘舟順長江東下，彷彿故鄉的水伴送於萬里之外。

南陵別兒童入京

白酒新熟山中歸，黃雞啄黍秋正肥。呼童烹雞酌白酒，兒女嬉笑牽人衣。高歌取醉欲自慰，起舞落日爭光輝。遊說萬乘苦不早[1]，著鞭跨馬涉遠道[2]。會稽愚婦輕買臣[3]，余亦辭家西入秦[4]。仰天大笑出門去，我輩豈是蓬蒿人[5]。

注釋

1 **"遊說" 句**：遊説（音碎），戰國時，才人以口辯舌戰打動諸侯，獵取公卿。萬乘，皇帝的代詞。古制：天子有兵車萬乘。天寶元年（742）唐玄宗下詔徵李白入長安，其時李白年已四十二歲，一家旅居南陵（今安徽南陵縣），所以詩中說"苦不早"，意思是恨不能早些時候見到皇帝。

2 **著鞭**：加鞭。

3 **"會稽" 句**：朱買臣，漢會稽郡吳（今江蘇蘇州市和吳縣一帶）人，家貧好學，不治生產。夫妻二人砍柴度日。買臣擔着柴一路唸書，高興起來還大聲唱歌。妻子嫌他寒酸，勸他不要唱，免得招人恥笑。買臣不聽，妻子不顧情義，斷然離去。後來買臣得漢武帝賞識，做了會稽太守。見《漢書・朱買臣傳》。

4 **西入秦**：即從安徽動身西行到長安去。秦，唐時都城長安，於春秋戰國時為秦地。

5 **蓬蒿人**：田野中人，也就是沒有當官的人。

這首詩可見李白求用心切，受寵忘形的神態躍然紙上。

江夏別宋之悌

楚水清若空[1]，遙將碧海通。人分千里外，興在一杯中。谷鳥吟晴日，江猿嘯晚風。平生不下淚，於此泣無窮。

注釋

1　清若空：形容楚水像碧空一般清澈。陸游《入蜀記》："自鸚鵡洲以南為漢水，水色澄澈可鑒，太白謂'楚水清若空'，蓋言此也。"

金鄉送韋八之西京[1]

客自長安來，還歸長安去。狂風吹我心，西掛咸陽樹[2]。此情不可道[3]，此別何時遇？望望不見君，連山起煙霧[4]。

注釋

1 **金鄉**：今山東金鄉縣。李白被放還山後，曾東遊齊魯，僑居任城（今山東濟寧市），金鄉和任城相距不遠。**西京**：即長安。唐天寶間改長安為西京。

2 **咸陽**：春秋時，秦孝公遷都咸陽，在今陝西咸陽市東北，唐時為長安郊區，所以詩中的咸陽，也就是指長安。

3 **不可道**：非言語所能形容。李白作詩時的心情是複雜的：和韋八分別，自然依依不捨，但更牽掛於心的，恐怕還是自己在長安的一段歲月。"不可道"三字有無窮深意。

4 **望望**：《禮．問喪》："其往送也，望望然，汲汲然。"注："望望，瞻望之貌。"詩意是目不轉睛地看着韋八遠去的身影，終於消失在連山的煙霧裏。

魯郡東石門送杜二甫[1]

醉別復幾日，登臨徧池臺[2]。何時石門路，重有金樽開[3]。秋波落泗水[4]，海色明徂徠[5]。飛蓬各自遠[6]，且盡手中杯。

注釋

1 **魯郡**：即兗州。唐天寶至德間，改兗州為魯郡，治所在魯縣（今山東曲阜縣），轄境相當於今山東曲阜、滕縣、泗水等縣地。**石門**：在曲阜縣東北，山不甚高大，石峽對峙如門，故名。見王士禎《居易錄》引孔尚任語。

2 **"醉別"二句**：詩意是兩人醉酒話別，又一同遊遍了這裏的園池樓臺，不覺又好幾天了。

3 **金樽**：酒杯。

4 **泗水**：源出山東泗水縣東蒙山（古稱陪尾山）南麓，四源並發，故名。

5 **徂徠**：山名，在山東泰安縣東南。

6 **飛蓬**：參見《古風五十九首》其五十二注 3（頁 036）。

天寶四載（745）李白與杜甫相遇於東都，秋天同遊梁、宋，次年又同遊齊魯，杜甫詩中描寫這段生活時有"醉眠秋共被，攜手日同行"之句，可見二人篤於友誼。此後杜甫西入長安，李白南下江東，從此再沒有見面。

灞陵行送別[1]

送君灞陵亭，灞水流浩浩[2]。上有無花之古樹，下有傷心之春草。我向秦人問路歧，云是王粲登樓之古道[3]。古道連綿走西京，紫闕落日浮雲生[4]。正當今夕斷腸處，驪歌愁絕不忍聽[5]。

注釋

1　**灞陵**：漢文帝陵墓，在今陝西西安市東。

2　**灞水**：渭河支流，源出藍田縣東秦嶺北麓，經西安市東，過灞橋北流入渭河。漢唐時長安人送客東行，多到灞橋折柳贈別，所以灞橋又名銷魂橋。

3　**王粲**：漢建安七子之一，因董卓之亂離開長安，作《七哀詩》，中有句云："南登灞陵岸，回首望長安。"

4　**紫闕**：宮闕。

5　**驪歌**：古代離別時所唱歌曲。《漢書．王式傳》："歌《驪駒》。" 服虔曰："逸詩篇名也，見《大戴禮》，客欲去歌之。" 文穎曰："其辭云：'驪駒在門，僕夫具存。驪駒在路，僕夫整駕。'"

送裴十八圖南歸嵩山二首[1]（錄一）

君思潁水綠[2]，忽復歸嵩岑。歸時莫洗耳[3]，為我洗其心。洗心得真情，洗耳徒買名。謝公終一起，相與濟蒼生[4]。

注釋

1　嵩山：在河南登封縣北，古稱中岳，是五岳之一。

2　潁水：源出河南登封縣西南，在安徽正陽關滙入淮河。

3　洗耳：參見《古風五十九首》其二十四注 7（頁 023—024）。

4　謝公：晉謝安，字安石。《世說新語．排調》："謝公……屢違朝旨，高卧東山。諸人每相與言：'安石不肯出，將如蒼生何！'"

這首詩是希望裴圖南不要做假隱士，以隱居為獵取官祿的手段，而應該以天下蒼生為念，有所作為。可見李白自己求仙訪隱，似非初心，相反卻有意用世。不過據他在長安的行事分析，他實際上只是一位地地道道的文人，有濃重的浪漫氣息，喜歡放言高論，並非治世之才。

送友人

青山橫北郭，白水遶東城。此地一為別，孤蓬萬里征[1]。浮雲遊子意，落日故人情[2]。揮手自茲去，蕭蕭班馬鳴[3]。

注釋

1　**孤蓬**：獨自一人。古時常常用蓬散萍飄來形容離散。參見《古風五十九首》其五十二注 3（頁 036）。

2　**“浮雲”二句**：王琦注：“浮雲一往而無定跡，故以比遊子之情；落日銜山而不遽去，故以比故人之情。”於詩意為得。

3　**蕭蕭**：馬鳴聲。**班馬**：杜預注《左傳》：“班，別也。”王琦云：“主客之馬將分道，而蕭蕭長鳴，亦若有離羣之感，畜猶如此，人何以堪？”

送友人入蜀

見說蠶叢路[1]，崎嶇不易行。山從人面起，雲傍馬頭生[2]。芳樹籠秦棧[3]，春流遶蜀城[4]。升沉應已定，不必問君平[5]。

注釋

1 **蠶叢**：古代蜀王之一。《華陽國志．蜀志》說："周失綱紀，蜀先稱王。有蜀侯蠶叢，其目縱，始稱王。"蠶叢活動的地區，在成都平原西北山區，岷江上游一帶。參見《蜀道難》注 3（頁 046）。

2 **"山從"二句**：形容山路的高險，承上句又進一層。

3 **秦棧**：自秦通蜀的棧道。山路通過峭壁深澗極為險峻的地方，古代往往依巖鑿洞，加施板梁為閣，稱為閣道或棧道。參見《蜀道難》注 5（頁 047）。

4 **蜀城**：蜀國的都城，指四川成都。

5 **"升沉"二句**：詩意是官大官小，晦顯窮達已成定局，不必再去求神問卜了。君平，嚴遵字，蜀人，隱居不仕，曾賣卜成都市。

宣州謝脁樓餞別校書叔雲[1]

《文苑英華》作《陪侍御叔華登樓歌》。

棄我去者，昨日之日不可留；亂我心者，今日之日多煩憂。長風萬里送秋雁，對此可以酣高樓[2]。蓬萊文章建安骨[3]，中間小謝又清發[4]。俱懷逸興壯思飛，欲上青天攬明月[5]。抽刀斷水水更流，舉杯消愁愁更愁。人生在世不稱意，明朝散髮弄扁舟[6]。

注釋

1 **宣州**：隋開皇九年（589）改南豫州置。治所在宣城（今安徽宣城）。唐天寶至德間曾改為宣城郡，轄境相當於今安徽省長江以南黃山、九華山以北地區及江蘇溧水、溧陽等縣地。**謝脁樓**：南齊宣城太守謝脁建，又稱謝公樓或北樓。唐咸通間改建，易名疊嶂樓。**校書**：唐官名校書郎的簡稱。

2 **酣**：酣飲。

3 **"蓬萊"句**：蓬萊，傳説中的海外神山，仙人所居，藏有大量幽經秘錄。《後漢書．竇章傳》："是時學者稱東觀為老氏藏室，道家蓬萊山。”章懷太子注：“言東觀經籍多也。”東觀是漢時官家著述和藏書的地方，用蓬萊山形容東觀藏書之富。詩中更引申此意來稱美官任校書郎的李雲。建安骨，建安末年，孔融、王粲、陳琳、徐幹、劉楨、應瑒、阮瑀號稱建安七子，與曹操父子三人所作詩，風格剛健悲涼，世稱“建安風骨”。建安，東漢獻帝年號。這裏也是借來稱美李雲的詩文。

4 **小謝**：南朝宋元嘉時，謝靈運與族弟惠連並以詩名，當時稱靈運為大謝，惠連為小謝。詩中用小謝來稱謝朓。

5 **攬**：同擥，採摘。《楚辭．離騷》：“夕擥洲之宿莽。”

6 **散髮**：去冠披髮以示狂放。這裏用春秋越國大夫范蠡的故事。他在輔佐越王句踐滅吳之後，功成身退，泛舟逃入五湖。**扁舟**：小舟。

五月東魯行答汶上翁[1]

五月梅始黃，蠶凋桑柘空[2]。魯人重織作，機杼鳴簾櫳[3]。顧余不及仕[4]，學劍來山東。舉鞭訪前塗[5]，獲笑汶上翁[6]。下愚忽壯士[7]，未足論窮通[8]。我以一箭書，能取聊城功[9]。終然不受賞[10]，羞與時人同。西歸去直道[11]，落日昏陰虹[12]。此去爾勿言，甘心如轉蓬[13]。

注釋

1 **東魯**：今山東曲阜一帶。**汶上**：汶水之旁，參見《沙丘城下寄杜甫》注5（頁223）。

2 **柘**：一名黃桑、奴柘，桑科，能飼蠶，所以桑柘並稱。

3 **"機杼"句**：機杼，古代織具的兩個重要部件。《集韻》："機以轉軸，杼以持緯。"詩文中用來泛指織具。簾櫳，掛着竹簾的窗門。櫳，窗戶，也泛言房室。詩意是家家戶戶都響起紡織機具的聲音。

4 **不及仕**：不能及早取得官位。

5 **訪**：問。**訪前塗**：問路。塗，同途。

6 **獲笑**：受到嘲笑。

7 **下愚**：無才無德的人，指汶上翁。**忽**：輕視。**壯士**：李白自稱。

8 **“未足”句**：窮通，窮困顯達，即政治上的升沉得失。詩意是不屑與論得失的道理。

9 **“我以”二句**：戰國時燕將攻下齊國的聊城，聊城人到燕國行反間計，燕將害怕，守着聊城不敢回去。齊將田單攻聊城，一年不下，士卒死傷甚眾，魯仲連獻計寫了一封信射進城裏，燕將見信後哭了三天，就自殺了。田單既破聊城，回師報告魯仲連的功勞，請予封爵。仲連卻逃到海邊躲了起來。見《史記・魯仲連鄒陽列傳》。

10 **“終然”句**：終然，到底。這裏指魯仲連，也是李白自負。

11 **“西歸”句**：李白在開元二十四年（736）到山東，本想去長安。長安在山東之西。直道，雙關語，有作官要走正道的意思。

12 **“落日”句**：也是雙關語，隱喻當時政局已經不很清明。連上句的詩意是儘管政局腐朽，自己還是要從正道入仕。

13 **“此去”二句**：是對汶上翁説，自己就此啓程，即使像飛蓬一樣前途無定，也是自願甘心，無庸多講了。

山中問答

問余何意棲碧山[1]，笑而不答心自閑。桃花流水窅然去[2]，別有天地非人間。

注釋

1 **何意**：為什麼。**碧山**：晚近通行本多注作：“在今湖北安陸縣境。” 據《安陸縣志》卷二十六轉引《湖廣志》云：“白兆山，一名碧山，山下有桃花巖，李白讀書處。” 但李白詩中屢用“碧山”一詞，如“暮泛碧山下”（《下終南山過斛斯山人宿置酒》）、“萬里浮雲捲碧山”（《答王十二寒夜獨酌有懷》）、“應到碧山家”（《送內尋廬山女道士李騰空二首》）、“不覺碧山暮”（《聽蜀僧濬彈琴》）等，猶言青山，並無專指。

2 **窅然去**：向遠處流去。窅（音妖），目深貌，引申有遠望的意思。

酬中都小吏攜斗酒雙魚於逆旅見贈[1]

魯酒若琥珀[2]，汶魚紫錦鱗[3]。山東豪吏有俊氣[4]，手攜此物贈遠人[5]。意氣相傾兩相顧，斗酒雙魚表情素[6]。雙鰓呀呷鰭鬣張[7]，跋剌銀盤欲飛去[8]。呼兒拂机霜刃揮[9]，紅肥花落白雪霏[10]。為君下筯一餐飽[11]，醉著金鞍上馬歸[12]。

注釋

1　**中都**：縣名。本平陸縣，隸兗州，天寶元年（742）更名，貞元十四年（798）改隸鄆州，治所在今山東汶上。據此，這首詩當作於被放還山，再遊東魯之時。**逆旅**：旅店，客舍。

2　**琥珀**：也作虎魄。樹脂的化石，有脂肪光澤。色蠟黃或褐紅，透明至不透明。這裏用來形容魯酒的色澤。

3　**汶魚**：汶水所產的魚。《元和郡縣志》："汶水北去中都縣二十四里。"

4　**豪吏**：《史記．高祖本紀》："於是少年豪吏如蕭、曹、樊噲等。"詩意借以稱美中都小吏。

5　**遠人**：李白自蜀至魯，道路遙遠，故以"遠人"自稱。

6　**素**：同愫，真情。

7　**呀呷**：吞吐開合貌，形容魚的兩鰓翕動。**鰭鬣**：魚的背鰭為鰭，胸鰭為鬣。

8　**跋剌**：同撥剌（音鉢辣），魚掉尾聲。

9　**机**：同几，几案。

10　**"紅肥"句**：詩意是魚肉紅的像花，白的像雪。看來李白吃的可能是魚生，極薄的生魚片，紅白透明，才有花落雪霏的感覺。霏，下雪貌。

11　**筯**：筷子。

12　**著**：登。

答王十二寒夜獨酌有懷

昨夜吳中雪，子猷佳興發[1]。萬里浮雲捲碧山，青天中道流孤月[2]。孤月滄浪河漢清[3]，北斗錯落長庚明[4]。懷余對酒夜霜白，玉牀金井冰崢嶸[5]。人生飄忽百年內[6]，且須酣暢萬古情。君不能狸膏金距學鬥雞，坐令鼻息吹虹霓[7]。君不能學哥舒，橫行青海夜帶刀，西屠石堡取紫袍[8]。吟詩作賦北窗裏，萬言不直一杯水。世人聞此皆掉頭[9]，有如東風射馬耳。魚目亦笑我，請與明月同。驊騮拳跼不能食，蹇驢得志鳴春風[10]。《折楊》、《皇華》合流俗[11]，晉君聽琴枉《清角》[12]。《巴人》誰肯和《陽春》[13]，楚地猶來賤奇璞[14]。黃金散盡交不成，白首為儒身被輕。一談一笑失顏色，蒼蠅貝錦喧謗聲[15]。曾參豈是殺人者，讒言三及慈母驚[16]。與君論心握君手，榮辱於余亦何有？孔聖猶聞傷鳳麟[17]，董龍更是何雞狗[18]？一生傲岸苦不諧[19]，恩疏媒勞志多乖[20]。嚴陵高揖漢天子[21]，何必長劍拄頤事玉階[22]。達亦不足貴，窮亦不足悲。韓信羞將絳灌比[23]，禰衡恥逐屠沽兒[24]。君不見李北海，英風豪氣今何在？君不見裴尚書[25]，土墳三尺蒿棘居[26]。少年早欲五湖去[27]，見此彌將鐘鼎疏[28]。

注釋

1 **子猷**：晉王徽之字。《世説新語．任誕》：“王子猷居山陰，夜大雪，眠覺，開室命酌酒。四望皎然，因起彷徨，吟左思《招隱詩》。忽憶戴安道，即便夜乘小船就之，經宿方至，造門不前而返。人問其故。王曰：‘吾本乘興而行，興盡而返，何必見戴。’”這裏借指王十二。

2 **流孤月**：前人常説“明月如水”，水能流，月光自然也在流了。謝莊《月賦》：“素月流天。”

3 **滄浪**：同滄涼，清涼。

4 **長庚**：星名，即金星，也叫太白、啓明。

5 **玉牀金井**：形容井欄雕飾之美。牀，井欄。**崢嶸**：深邃，轉而有寒氣凜冽的意思。詩意是雕飾華美的井欄上結着厚厚的冰，天氣十分寒冷。

6 **飄忽**：意同倏忽，迅速短促狀。

7 **“君不能狸膏”二句**：狸，豹貓，貓科，體大如貓，常常於近郊出沒，盜食家禽。古時鬥雞，私下用狸油塗在雞頭上，對方聞到油味，以為狸來了，就敗陣逃走。或在雞腳上鑲上鐵刺，稱為金距，使鬥時踢傷對方。唐玄宗好鬥雞取樂，許多無賴子弟都因鬥雞得寵，於是聲大氣粗，不可一世。所以詩中說他們“鼻息吹虹霓”。參見《古風五十九首》其二十四注 4、注 6（頁 023）。

8 **“君不能學哥舒”三句**：哥舒，哥舒翰，唐將。他在天寶八載（749）攻克吐蕃所佔的石堡城，拜特進鴻臚員外郎，加攝御史大夫。當時民歌云：“北斗七星高，哥舒夜帶刀。”石堡，石堡城，又名鐵仞城，在今青海西寧市西南。紫袍，唐朝官三品以上服紫袍。

9 **掉頭**：不屑一顧狀，和下句“東風射馬耳”都是形容世人對李白和王十二所作詩賦的輕視。

10 **“魚目”四句**：明月，明月珠，珍珠名。驊騮，良馬名。拳跼，不能伸展。蹇驢，跛驢。詩意是魚目混作明珠，驊騮不及蹇驢，好惡美醜不分，是非功過不辨。

11 **《折楊》、《皇華》**：古代的俗曲。

12 **《清角》**：傳說黃帝合鬼神於太山時所用的樂曲，只有有德行的人才能聽。晉平公德薄，卻強迫樂師師曠演奏。樂聲一起，頓時黑雲驟湧，接着疾風暴雨，裂帷墜瓦，打碎祭器，驚散四座。晉平公嚇得伏地不起，生了一場大病，晉國也大旱三年。見《韓非子・十過》。

13 **《陽春》、《巴人》**：《陽春白雪》和《下里巴人》，都是古樂曲名。前者深奧，唱和的人少；後者通俗，唱和的人多。見宋玉《對楚王問》。李白把自己的才能比作《陽春白雪》，自嘆不為世俗所賞識。

14 **“楚地”句**：用卞和的故事，參見《古風五十九首》其三十六注 1（頁 029—030）。李白用來諷刺唐玄宗不能識拔人才。

15 **蒼蠅**：青蠅。古人用來比喻向君主進讒的小人。《詩・小雅・青蠅》：“營營青蠅，止于樊。豈弟君子，無信讒言。”

貝錦：《詩·小雅·巷伯》：“萋兮斐兮，成是貝錦。彼譖人者，亦已大甚。”古代用貝殼作貨幣，十分珍視，所以在錦緞上也織着貝殼的圖案。這裏用來比喻讒言疑似，小人搬弄是非。

16 **“曾參”二句**：曾參，孔丘的弟子。在鄭國時，有與曾參同名者殺了人。有人誤傳給曾母，曾母起初不信，織布如常。但接連又有兩人先後傳來同樣的消息，曾母也不免生疑心，終於丟下織具逃走。見劉向《新序》。詩意是説即使像曾參這樣有德行的人，又最為母親所了解，同樣禁不住接二連三的流言蜚語，終於母親的信心也發生動搖，懷疑曾參真的殺了人。所以一般信任不深的人，又怎能不為誹謗所迷惑呢？

17 **“孔聖”句**：孔聖，孔丘。孔丘以為自己生逢亂世，治國平天下的抱負無從實現，因鳳鳥不至而悲嘆，麒麟遭捕捉而憂傷。詩意是説聖人孔丘尚且不能有所作為，而哀鳳傷麟，又何況我呢？

18 **“董龍”句**：董龍，北朝秦主苻生的寵臣董榮，小字龍。宰相王墮性剛正，上朝時對董龍不加理睬。有人勸王墮還是敷衍一下為好，他説：“董龍是何雞狗，而令國士與之言乎？”意思是董龍是什麼東西，要我這樣的國士向他討好。結果王墮因董龍進讒於苻生而被殺。詩中用董龍來比擬唐玄宗的倖臣。

19 **傲岸**：不合羣。**不諧**：不和協，不能與世俯仰。

20 **“恩疏”句**：恩，君恩。媒勞，徒勞引進。志多乖，事與願違。乖，違背。詩意是一生孤傲不羣，難與世俗調和，君恩既淺，事與願違，只能讓引進的人徒勞一番了。

21 **嚴陵**：即嚴光，字子陵，東漢光武帝劉秀的同學。秀稱帝，召見，長揖不拜，不行君臣之禮，不受封爵，仍回富春江去釣魚。見《後漢書．嚴光傳》。

22 **頤**：下頜。古時大官多佩劍，劍長可觸及下頜。**事玉階**：在朝廷侍候皇帝。"玉階"，宮殿的台階。

23 **韓信**：漢功臣，初封楚王，降為淮陰侯。《史記．淮陰侯列傳》："信由此日怨望，居常怏怏，羞與絳灌為列。"**絳**：絳侯周勃。**灌**：灌嬰。

24 **禰衡**：東漢末年人，其時許都（今河南許昌市）新建，人才蔚集。衡來遊，有人問他與陳長文、司馬伯達有無來往，他回答説："吾焉能從屠沽兒耶？"見《後漢書．禰衡傳》。**屠沽兒**：宰牲賣酒的人，當時是賤業。以上兩句是自言恥與凡夫庸才為伍。

25 **李北海**：唐北海太守李邕。**裴尚書**：刑部尚書裴敦復。兩人都因見忌於李林甫而貶官，又同坐柳勣一案而被杖殺。

26 **蒿棘**：野草。

27 **五湖**：用范蠡泛五湖故事，參見《宣州謝朓樓餞別校書叔雲》。舊稱滆湖、洮湖、射湖、貴湖和太湖為五湖，在今江蘇蘇州、吳縣、吳江、震澤、無錫、武進、宜興和浙江吳興諸市縣境。

28 **彌**：更加。**鐘鼎**：詩中指高官厚祿。古代富貴人家進膳時列鼎鳴鐘，因此鐘鼎可作富貴的同義詞。

這首詩裏，李白發抒了對朝政的看法和感慨，最後表示自己視富貴如浮雲，情願效法范蠡、嚴光，放浪於江湖之上。

東魯門泛舟二首[1]（錄一）

其一

日落沙明天倒開，波搖石動水縈迴。輕舟泛月尋溪轉，疑是山陰雪後來[2]。

注釋

1　**東魯門**：在今山東曲阜縣東。曲阜是唐兗州魯郡的治所。

2　**"疑是"句**：用晉王徽之雪夜乘月訪戴逵的故事，參見《答王十二寒夜獨酌有懷》注1（頁255）。

下終南山過斛斯山人宿置酒[1]

暮從碧山下，山月隨人歸。卻顧所來徑[2]，蒼蒼橫翠微[3]。相攜及田家，童稚開荊扉[4]。綠竹入幽徑[5]，青蘿拂行衣[6]。歡言得所憩[7]，美酒聊共揮。長歌吟松風[8]，曲盡河星稀[9]。我醉君復樂[10]，陶然共忘機[11]。

注釋

1 **終南山**：秦嶺的一部分，在陝西西安市南，唐代有許多人在此隱居修道。參見《望終南山寄紫閣隱者》注 1（頁 260）。**斛斯**：複姓。

2 **卻顧**：回顧。

3 **翠微**：《爾雅》："未及上翠微"，郭注："近上旁陂。" 郝懿行疏："《初學記》引舊注云：'一説山氣青縹色曰翠微。" 劉逵《蜀都賦》注：'翠微，山氣輕縹也。' 義本《爾雅》。"

4 **荊扉**：用荊條製作門板的門。

5 **"綠竹" 句**：詩意是曲徑通入綠竹叢，句法倒裝。

6 **青蘿**：即松蘿，也稱女蘿，參見《白頭吟》注 7（頁 095）。

7 **"歡言" 句**：高興地説找到了可以休息的地方。

8 **"長歌" 句**：歌吟之聲與松風相應和。

9 **河星稀**：表示夜深。河星，銀河裏的羣星。

10 **復**：義同現代語“也”。

11 **陶然**：喜悦的樣子。**忘機**：道家術語，不理世務，與人無爭的意思。

把酒問月

故人賈淳令予問之

青天有月來幾時？我今停杯一問之。人攀明月不可得，月行卻與人相隨。皎如飛鏡臨丹闕，綠煙滅盡清輝發[1]。但見宵從海上來，寧知曉向雲間沒。白兔擣藥秋復春[2]，嫦娥孤棲與誰鄰[3]？今人不見古時月，今月曾經照古人。古人今人若流水，共看明月皆如此。惟願當歌對酒時[4]，月光長照金樽裏。

注釋

1 **"皎如"二句**：丹闕，朱紅色的宮闕。綠煙，綠有濃黑義，如綠雲、綠鬢，都是形容髮鬢黑而有光澤如濃綠，所以綠煙可以解釋作濃煙。詩意是煙消霧散，月亮像飛向天際的明鏡，射出澄澈的光輝，照臨朱紅色的宮闕。

2 **白兔擣藥**：古代傳説月中有白兔擣藥。傅玄《擬天問》："月中何有？白兔擣藥。"

3 **嫦娥**：古代傳説后羿的妻子。羿煉仙藥成，嫦娥偷來吃了，奔向月中。見《獨異志》。

4 **當歌對酒**：曹操《短歌行》：“對酒當歌，人生幾何？”“對”、“當”同義，詩意是飲酒唱歌的時候。

陪族叔刑部侍郎曄及中書賈舍人至遊洞庭五首（錄三）

乾元二年（759）刑部侍郎李曄因鳳翔馬坊押官為盜一案，貶嶺南，過巴陵，與賈至、李白同遊洞庭作。

其一

洞庭西望楚江分[1]，水盡南天不見雲。日落長沙秋色遠[2]，不知何處弔湘君[3]。

注釋

1　**"洞庭"句**：楚江，流經楚地的長江。長江自西來，到岳陽樓前，與洞庭諸水滙合東流，儼然分為兩截。

2　**長沙**：唐潭州長沙郡，治所在今湖南長沙市。轄境相當今長沙、湘潭、益陽、瀏陽、湘鄉、醴陵等縣市地。

3　**湘君**：《史記．秦始皇本紀》："上問博士曰：'湘君何神？'博士對曰：'聞之，堯女，舜之妻……'"《索隱》："《列女傳》亦以湘君為堯女。按：《楚辭．九歌》有湘君、湘夫人。

夫人是堯女，則湘君當是舜。今此文以湘君為堯女，是總而言之。"

其二

南湖秋水夜無煙，耐可乘流直上天。且就洞庭賒月色，將船買酒白雲邊[1]。

注釋

1　**耐可**：有那可、寧可兩解，這裏當作那可解，和安得同義。安得也就是不得，不得"乘流直上天"，就只好"買酒白雲邊"了。**將船**：移船。

其四

洞庭湖西秋月輝，瀟湘江北早鴻飛[1]。醉客滿船歌《白苧》[2]，不知霜露入秋衣。

注釋

1 鴻：鴻雁，雁亞科中身形最大的一種，在空中飛行時，常列成人字形，並發出很大的喧嘩聲。每年晚秋從北方寒冷地區遷徙到長江下游和更南的地方過冬，春天又北返繁殖。人們往往將鴻雁和豆雁相混，統稱為大雁。

2 《白苧》:《清商調》曲名，一說就是《子夜吳歌》。

登太白峯

西上太白峯，夕陽窮登攀[1]。太白與我語，為我開天關[2]。願乘泠風去[3]，直出浮雲間。舉手可近月，前行若無山[4]。一別武功去，何時復更還[5]？

注釋

1 **"西上"二句**：太白峯，太白山，一稱太乙山，在陝西武功縣西南，周至（盩厔）、眉（郿）縣、太白等縣間，為秦嶺主峯。《水經注・渭水》："在武功縣南，去長安二百里，不知其高幾何。俗云：'武功太白，去天三百。'山下軍行，不得鼓角，鼓角則疾風雨至。於諸山最為秀傑，冬夏積雪，望之皓然。"詩意是太白峯太高了，到太陽下山才登上山頂。

2 **"太白"二句**：太白，星名，即金星，也叫啓明、長庚。詩意是登上太白峯，可與太白星共語，形容太白峯之高。天關，天門，幻想中天界的門戶。關，門。

3 **泠**（音零）**風**：微風、和風。

4 **"前行"句**：詩意是乘風凌雲，直上天門，腳下羣山，不能阻擋，雖有若無。

5 **“一別”二句：**太白峯在武功縣南，登峯要經過武功，所以說與武功相別。登上峯頂就能進入“天關”，飛升成仙，因此就不知哪時得回武功了。

登金陵鳳凰臺[1]

鳳凰臺上鳳凰遊[2]，鳳去臺空江自流。吳宮花草埋幽徑，晉代衣冠成古丘[3]。三山半落青天外[4]，一水中分白鷺洲[5]。總為浮雲能蔽日[6]，長安不見使人愁[7]。

注釋

1　**金陵**：參見《金陵城西樓月下吟》注 1（頁 169）。

2　**鳳凰臺**：在今江蘇南京市鳳凰山，相傳南朝宋元嘉十六年（439），飛來三隻五色鳥，狀如孔雀，時人以為鳳凰，因稱山為鳳凰山，築臺其上，稱鳳凰臺。

3　**"吳宮" 二句**：三國吳黃龍元年（229）自武昌遷都於建業；晉南渡後都於建康，在今江蘇省南京市。詩意是三國東晉在這裏興建的宮闕樓臺已經沒入閑花野草，當時的衣冠人物也都化為荒塚古邱了。

4　**三山**：在南京市西南，積石聳峙長江之濱，三峯平列，南北相連，故稱。陸游《入蜀記》："自石頭及鳳凰臺望之，杳杳有無中耳。及過其下，則距金陵才五十餘里。"

5　**"一水" 句**：白鷺洲，在南京市西南江中。《讀史方輿紀要．江南》："白鷺洲在府西南江中，南直新林浦。" 江水到此中分為二，過又合而為一。

6 **“總為”句**：《陸子新語》：“邪臣之蔽賢，猶浮雲之障日月也。”

7 **“長安”句**：皇帝昏昧，姦邪當道，這裏李白表示對時局的擔心。

這首詩可以與崔顥《黃鶴樓》並讀，從而體會古人學習的苦心。傳說李白登武昌黃鶴樓，讀到崔顥這首詩，曾說：“眼前有景道不得，崔顥題詩在上頭。”（見《唐才子傳》卷一）後來到金陵鳳凰臺，才模倣而成此詩。

望廬山瀑布二首

其一

西登香爐峯[1]，南見瀑布水。挂流三百丈，噴壑數十里。欻如飛電來[2]，隱若白虹起[3]。初驚河漢落，半灑雲天裏。仰觀勢轉雄，壯哉造化功[4]。海風吹不斷，江月照還空。空中亂潨射[5]，左右洗青壁[6]。飛珠散輕霞，流沫沸穹石[7]。而我樂名山，對之心益閑。無論漱瓊液，且得洗塵顏[8]。且諧宿所好，永願辭人間[9]。

注釋

1 **香爐峯**：在廬山西北，峯頂尖圓，煙雲聚散，如博山香爐之狀。

2 **欻**（音忽）**如**：迅疾貌。

3 **隱**：隱約。

4 **造化**：創造化育。古人以為宇宙萬有都是天地所創造，所以也叫天地為造化。用現代語表達，就是大自然。

5 **潨**（音松）**射**：水流噴射。

6 **青壁**：青色的峭壁。

7 **穹石**：大石。

8 **“而我”四句**：詩意是我性好遊山，面對騰空飛瀉、雄偉壯觀的瀑布，不但不驚怖，反而心安意適。即使這不是仙家的玉液瓊漿，也可以洗滌塵垢沾染的容顏。

9 **“且諧”二句**：諧，和。宿，舊。詩意是名山瀑布，正投宿好，深願從此離別擾攘的人間，永遠留在這裏。

其二

日照香爐生紫煙[1]，遙看瀑布挂前川[2]。飛流直下三千尺，疑是銀河落九天[3]。

注釋

1 **“日照”句**：廬山多雲霧，日光映射成紫色。

2 **前川**：一作“長川”。

3 **九天**：九重天。前人以為天分九重，以九重天為最高。詩意極言瀑布落差之大。

按：胡仔《苕溪漁隱叢話》：“太白《望廬山瀑布》絕句，東坡美之，有詩曰：‘帝遣銀河一派垂，古來惟有謫仙詞。’然余謂太白前篇古詩云：‘海風吹不斷，江月照還空。’磊落清壯，語簡而意盡，優於絕句多矣。”現將二詩一同選入，望讀者細味胡仔之言，自辨其優劣。

鸚鵡洲[1]

鸚鵡來過吳江水，江上洲傳鸚鵡名。鸚鵡西飛隴山去[2]，芳洲之樹何青青。煙開蘭葉香風暖，岸夾桃花錦浪生。遷客此時徒極目[3]，長洲孤月向誰明。

注釋

1　**鸚鵡洲**：原在湖北漢陽西南二里江中，下接黃鵠磯。明末為水沖沒，遂不可見。現在漢陽西南沿江地還有鸚鵡洲這個名稱，但已非故地。因漢禰衡在此作《鸚鵡賦》而得名。陸游《入蜀記》："鸚鵡洲上有茂林、神祠，遠望如小山。"

2　**隴山**：《藝文類聚》引《秦川記》："隴西郡有隴山，山東人升此而顧瞻者，莫不悲思哀傷。"

3　**遷客**：受貶被放的人，意同逐臣。遷，貶謫，放逐。

方回《瀛奎律髓》："太白此詩乃效崔顥體，皆於五六加工，尾句寓感嘆，是時律詩猶未甚拘偶也。"按崔顥《黃鶴樓》："昔人已乘黃鶴去，此地空餘黃鶴樓。黃鶴一去不復返，白雲千載空悠悠。晴川歷歷漢陽樹，芳草萋萋鸚鵡洲。日暮鄉關何處是，煙波江上使人愁。"將李白這首詩與此並讀，自不難知其模倣之工。

秋登宣城謝朓北樓[1]

江城如畫裏，山晚望晴空。兩水夾明鏡，雙橋落彩虹[2]。人煙寒橘柚，秋色老梧桐。誰念北樓上[3]，臨風懷謝公。

注釋

1 **宣城**：今安徽宣城縣，唐時為宣州宣城郡治所。**謝朓**：南齊陽夏人，工五言詩，詩格清俊。明帝時，以中書郎出為宣城太守。

2 **“兩水”二句**：宣城有宛溪、句溪二水，繞城合流；又有鳳凰、濟川二橋跨宛溪上，皆隋開皇時創建。見《宣州圖經》。

3 **北樓**：在宣城縣南陵陽山。參見《宣州謝朓樓餞別校書叔雲》注1（頁247）。

望天門山[1]

天門中斷楚江開[2]，碧水東流至此迴。兩岸青山相對出，孤帆一片日邊來。

注釋

1　**天門山**：在安徽當塗縣西南，參見《橫江詞六首》其四注 1（頁 166）。

2　**開**：通。

望木瓜山[1]

早起見日出，暮見棲鳥還。客心自酸楚，況對木瓜山[2]。

注釋

1　**木瓜山**：在湖南常德市東。李白謫夜郎時所曾經過。一說在安徽青陽木瓜鋪杜牧求雨處。

2　**"客心"二句**：木瓜，亦稱榠樝。薔薇科落葉灌木或小喬木。葉橢圓狀卵形，果實長橢圓形，淡黃色，味酸澀，有香氣。《千金翼方》："木瓜實味酸。" 詩意是自己本來已很心酸，看到木瓜山，想起酸澀的木瓜，就更加心酸了。

客中作

蘭陵美酒鬱金香[1]，玉椀盛來琥珀光[2]。但使主人能醉客，不知何處是他鄉[3]。

注釋

1　**蘭陵**：古縣名。戰國楚置，治所在今山東蒼山縣西南蘭陵鎮。春申君黃歇以荀卿為蘭陵令，其地即此。又東晉初在今江蘇武進縣西北僑置，曾先後為僑蘭陵郡及僑南蘭陵郡治所。**鬱金**：又名鬱鬯。薑科多年生草本。地下塊莖及塊根的斷面黃色，有香氣。古代用它的塊莖和根入酒，使成黃色如金，稱為黃流。注家往往將"鬱金香"三字連讀，以為是《魏略》所云生於大秦國的鬱金香，實誤。

2　**琥珀光**：參見《酬中都小吏攜斗酒雙魚於逆旅見贈》注 2（頁 252）。

3　**"但使"二句**：詩意是只要能入醉鄉，就不問是他鄉還是故鄉了。換句話說，連故鄉也忘了。

早發白帝城[1]

朝辭白帝彩雲間，千里江陵一日還。兩岸猿聲啼不住，輕舟已過萬重山。

注釋

1　**白帝城**：在四川奉節縣東白帝山上，與巫山相近，東漢初公孫述建，述自號白帝，因以為名。**彩雲**：朝霞。

《水經注．江水》：“三峽七百里中，兩岸連山，略無闕處，重巖疊嶂，隱天蔽日，自非亭午夜分，不見曦月。至於夏水襄陵，沿泝阻絕，或王命急宣，有時朝發白帝，暮到江陵，其間千二百里，雖乘奔御風，不以疾也。……每至晴初霜旦，林寒澗肅，常有高猿長嘯，屬引淒異，空谷傳響，哀囀久絕。故漁者歌曰：‘巴東三峽巫峽長，猿鳴三聲淚沾裳。’”詩意本此。

秋下荊門[1]

霜落荊門江樹空，布帆無恙挂秋風[2]。此行不為鱸魚鱠[3]，自愛名山入剡中[4]。

注釋

1 **荊門**：《水經注．江水》："江水又東歷荊門、虎牙之間，荊門在南，上合下開，暗徹山南；有門象虎牙在北，石壁色紅，間有白文，類牙形，並以物象受名。此二山，楚之西塞也。" 今湖北荊門縣城在長江南岸，城南有荊門山與北岸虎牙山相對。

2 **"布帆" 句**：晉顧愷之為荊州太守殷仲堪參軍，請假東歸，仲堪借給一幅布帆，路遇大風，愷之寫信給仲堪說："行人安穩，布帆無恙。"（見《晉書．顧愷之傳》）。李白此行正值秋深，掛帆順西風而下，既用典故，也是寫實。

3 **鱸魚鱠**：晉張翰，吳人，在洛陽為齊王冏東曹掾。見秋風起，想到故鄉的蓴羹和鱸魚鱠，感嘆道："人生貴適志耳，何能從宦數千里，以要名爵！" 立即辭官還鄉。不久齊王事敗，當時人們都佩服張翰有見識。（見《晉書．張翰傳》）

4 **剡中**：今浙江嵊縣、新昌一帶，是曹娥江上游剡溪所經，兩岸山重水複，林壑幽深，漢晉以來是隱逸避難的地方。

宿五松山下荀媼家[1]

我宿五松下，寂寥無所歡。田家秋作苦[2]，鄰女夜舂寒。跪進雕胡飯[3]，月光明素盤。令人慚漂母[4]，三謝不能飡。

注釋

1　**五松山**：在今安徽銅陵市。**媼**：老婦人。

2　**作苦**：楊惲《報孫會宗書》："田家作苦。"意同現代語"受苦"。

3　**跪進**：唐時風俗席地而坐，所以送飯要跪着。**雕胡飯**：用菰米做的飯。雕胡是菰的切音。菰，即茭白，《本草綱目》："雕胡，九月抽莖，開花如葦芀，結實長寸許，霜後采之，大如茅針，皮黑褐色，其米甚白而滑膩，作飯香脆。"

4　**漂母**：韓信少時曾在城下釣魚，遇一漂洗的老婦，憐他挨餓，用飯食給予周濟。韓信助劉邦建立漢王朝之後，給她厚重的報答。（見《史記・淮陰侯列傳》）詩中以漂母比荀媼。

蘇臺覽古[1]

舊苑荒臺楊柳新，菱歌清唱不勝春。只今惟有西江月[2]，曾照吳王宮裏人。

注釋

1　**蘇臺**：即姑蘇臺，亦稱姑胥臺、姑餘臺，春秋吳王闔閭建，遺址在今江蘇吳縣西南三十里橫山西北麓。

2　**西江**：《莊子．外物》：“我且南遊吳越之王，激西江之水而迎子，可乎？”疏：“西江，蜀江也。”這裏借指自太湖流入長江諸水。

越中覽古

越王句踐破吳歸[1]，義士還家盡錦衣[2]。宮女如花滿春殿，只今惟有鷓鴣飛。

注釋

1 “越王”句：《史記·吳太伯世家》：“越王句踐欲遷吳王夫差於甬東，予百家居之。吳王曰：‘孤老矣，不能事君王也。吾悔不用子胥之言，自令陷此。’遂自剄死。越王滅吳，誅太宰嚭，以為不忠，而歸。”

2 義士：一說為戰士傳寫之訛。

一般絕句的格調，都是前後各兩句，這首詩卻是前三句、後一句，非有千鈞筆力不能，是李白的獨創。

蘇武[1]

蘇武在匈奴，十年持漢節[2]。白雁上林飛，空傳一書札。牧羊邊地苦，落日歸心絕。渴飲月窟水[3]，飢飡天上雪。東還沙塞遠，北愴河梁別[4]。泣把李陵衣，相看淚成血[5]。

注釋

1　**蘇武**：字子卿，杜陵人（今陝西西安市東南）。《漢書．李廣蘇建傳》略云："天漢元年，武帝遣武以中郎將持節送匈奴使留在漢者，因厚賂單于。既至匈奴，單于欲降之。幽武，置大窖中，絕不飲食。天雨雪，武臥嚙雪，與旃毛並咽之。數日不死，匈奴以為神，乃徙武北海上無人處，使牧羝（公羊），羝乳乃得歸。別其官屬常惠等，各置他所，武杖漢節牧羊，臥起操持，節毛盡落。初，武與李陵俱為侍中，武使匈奴，明年陵降。昭帝即位數年，匈奴與漢和親，漢求武等，匈奴詭言武死。後漢使復至匈奴，常惠夜見漢使，教使者謂單于曰：'天子射上林中，得雁，足有繫帛書，言武等在某澤中。' 使者如惠語以讓（責問）單于，單于視左右而驚，謝漢使曰：'武等實在。' 於是李陵置酒謂武曰：'今足下還歸，揚名於匈奴，功顯於漢室，雖古竹帛所載，丹青所畫，何以過子卿。’泣下數行，因與武訣。匈奴召會武官屬，前以降及物故（死亡），凡隨武還者九人。武留匈奴凡十九歲，始以強壯出，及還，鬚髮盡白。”（王琦節文）

2　節：《漢書·高帝本紀》顏師古注：“節，以毛為之，上下相重，取象竹節，因以為名。將命者，持之以為信。”

3　月窟：月所生處，喻極西之地。一説是外國的代詞。

4　河梁：李陵《與蘇武詩》：“攜手上河梁，遊子暮何之。”

5　淚成血：李陵《與蘇武書》：“此陵所以仰天搥心而泣血者也。”

這首詩把蘇武一生高節櫽括在十二句六十字中，言簡意賅，主題特出。最後一結用李陵與蘇武詩、書中語，更有無限感慨。

經下邳圯橋懷張子房[1]

子房未虎嘯，破產不為家。滄海得壯士，椎秦博浪沙。報韓雖不成，天地皆振動。潛匿遊下邳，豈曰非智勇？我來圯橋上，懷古欽英風。惟見碧流水，曾無黃石公[2]。嘆息此人去，蕭條徐泗空[3]。

注釋

1　**下邳**：古縣名，秦置，治所在今江蘇省睢寧縣西北。**圯（音夷）橋**：《名義考》云："楚人謂橋為圯。李白詩既曰圯，又曰橋，複矣。"**張子房**：張良，字子房，先人五世為韓相。秦滅韓，張良傾家為韓報仇。得刺客，椎擊秦始皇於博浪沙，誤中副車。遂變姓名，躲匿在下邳，在這裏的一座橋邊遇一老人，接受老人所贈兵書，於是精嫻兵法，輔佐劉邦破項羽，建立漢朝，封留侯。見《史記．留侯世家》。

2　**黃石公**：即圯上老人，授張良《太公兵法》。《史記．留侯世家》："出一編書，曰：'讀此則為王者師矣。後十年興。十三年孺子見我濟北，穀城山下黃石即我矣。'"

3　**"嘆息"二句**：徐泗，唐徐州，治所在今江蘇徐州市，在秦為泗水郡地，漢改為沛郡。漢高祖起兵前曾充泗上亭長，故址在今江蘇省沛縣東。詩意是張良一去，徐泗之間更無人物。

夜泊牛渚懷古[1]

此地即謝尚聞袁宏詠史處

牛渚西江夜，青天無片雲。登舟望秋月，空憶謝將軍[2]。余亦能高詠，斯人不可聞[3]。明朝挂帆席[4]，楓葉落紛紛。

注釋

1　**牛渚**：山名，在今安徽當塗縣北，山北突入江中，名采石磯，是有名的古渡口。

2　**謝將軍**：謝尚，晉鎮西將軍，屯兵牛渚時，曾月夜泛舟江上，聽到運租船裏有人吟詩，經詢問知道是袁宏在朗誦自作《詠史詩》，大為讚賞。相邀暢談，不覺天明。見《世說新語．文學》。

3　**"余亦"二句**：斯人，指謝尚。詩意是說，我也能吟詩，可惜沒有謝尚這樣的知音者能夠賞識。

4　**帆席**：古時用蒲編席作帆，也稱蒲帆。

月下獨酌四首

其一

花間一壺酒，獨酌無相親。舉杯邀明月，對影成三人。月既不解飲，影徒隨我身。暫伴月將影[1]，行樂須及春。我歌月徘徊，我舞影零亂。醒時同交歡，醉後各分散。永結無情遊[2]，相期邈雲漢[3]。

注釋

1　**將**：與。

2　**無情遊**：忘卻俗情之遊。

3　**相期**：相待。**邈**：遙遠。**雲漢**：即銀漢，銀河，用作仙境的代詞。

其二

天若不愛酒，酒星不在天。地若不愛酒，地應無酒泉[1]。天地既愛酒，愛酒不愧天。已聞清比聖，復道濁如賢。賢聖既已飲，何必求神仙[2]？三盃通大道，一斗合自然。但得酒中趣[3]，勿為醒者傳。

注釋

1 **“天若”四句**：孔融《與曹操論酒禁書》：“天垂酒星之耀，地列酒泉之郡。”《晉書・天文志》：“軒轅右角南三星曰酒旗，酒官之旗也，主宴享酒食。”（在今獅子座）《漢書・地理志》：“酒泉郡，武帝太初元年（前 104）開。”顏師古注：“相傳俗云：城下有金泉，泉味如酒。”

2 **“已聞”四句**：《藝文類聚》引《魏略》：“太祖禁酒，而人竊飲之，故難言酒，以濁酒為賢者，清酒為聖人。”

3 **酒中趣**：《晉書・孟嘉傳》載：孟嘉“好酣飲，愈多不亂。桓溫問嘉：‘酒有何好，而卿嗜之？’嘉曰：‘公未得酒中趣耳。’”

其三

三月咸陽城[1]，千花晝如錦。誰能春獨愁？對此徑須飲[2]。窮通與修短，造化夙所稟[3]。一樽齊死生，萬事固難審[4]。醉後失天地，兀然就孤枕。不知有吾身，此樂最為甚[5]。

注釋

1　**咸陽城**：指長安。

2　**徑**：直。

3　**窮通**：同窮達。**修短**：同長短。詩意是不論遭遇的窮困或顯達，壽命長或短，都是天定的。這裏可以見到李白的宿命論觀點。

4　**"一樽" 二句**：詩意是萬事既難預料，只要一杯下肚，生也罷，死也罷，都能置之度外。

5　**"醉後" 四句**：詩意是醉後失去知覺，獨自倚枕而臥，即使天翻地覆，都聽之任之，連自己身在何處，也茫然不知，這就是最大的快樂。兀然，無知貌。

其四

窮愁千萬端，美酒三百杯。愁多酒雖少，酒傾愁不來。所以知酒聖，酒酣心自開。辭粟卧首陽[1]，屢空飢顏回[2]。當代不樂飲，虛名安用哉[3]？蟹螯即金液[4]，糟丘是蓬萊[5]。且須飲美酒，乘月醉高臺。

注釋

1 **"辭粟" 句**：首陽，山名，在今河南偃師縣西北，接孟津縣界。又名首山，即邙山最高處，日出先照，故名。《水經注．河水》："河水逕平縣北，南對首陽山，《春秋》所謂首戴也。上有夷齊廟。" 周武王伐紂，孤竹君之二子伯夷、叔齊叩馬諫阻。商亡後，二人恥食周粟，逃入首陽山，採薇而食，終於餓死。見《史記．伯夷叔齊列傳》。

2 **屢空**：《論語．雍也》："一簞食，一瓢飲，在陋巷，人不堪其憂，回也不改其樂，賢哉回也。" 回，顏回，孔丘弟子。陶潛《五柳先生傳》："簞瓢屢空。"

3 **"當代" 二句**：詩意是活着不痛痛快快飲酒，而去追逐虛名，有什麼用處呢？

4 **"蟹螯" 句**：蟹螯，《晉書．畢卓傳》："卓嘗謂人曰：'得酒滿數百斛船，四時甘味置兩頭，右手持酒杯，左手持蟹螯，拍浮酒船中，便足了一生矣。'" 金液，《神仙傳》："藥之上者有九轉還丹、太乙金液，服之皆立登天。”這裏把蟹螯下酒比作金液仙藥。

5 **“糟丘”句**：糟丘，積酒糟成丘。《南史·陳暄傳》：“暄嗜酒過差非度，其兄子秀常憂之，致書於暄友人何胥，冀以諷諫，暄聞之，與秀書曰：‘速營糟丘，吾將老焉，爾無多言。’”蓬萊，海上神山。這裏把糟丘比作神山。

這一組詩，是酒的禮讚。李白借酒澆胸中塊壘：“但願長醉不用醒”、“笑殺陶淵明，不飲杯中酒”、“且對一壺酒，澹然萬事閑”……加上這四首，可見嗜酒成癖，不能自已。也正是酒，打破了他獵取功名富貴，致身通顯的幻想。傳說他因醉後讓高力士脫靴，開罪於這個炙手可熱的大宦官，受讒被放還山，從此一蹶不振。最後更以飲酒過度，死於當塗。這是封建時代的悲劇，無怪後世人多寄予同情。但這並不能開脫李白對自己的行為所應負的責任，看來李白只能是放言高論的詩人和酒客，他的不朽詩篇，便是留給後世最寶貴的財富。

友人會宿

滌蕩千古愁，留連百壺飲。良宵宜清談，皓月未能寢。醉來臥空山，天地即衾枕[1]。

注釋

1　“天地”句：衾，大被。《詩．召南，小星》：“抱衾與裯。”傳：“衾，被也。”詩意是以天為被，以地為枕。

山中與幽人對酌

兩人對酌山花開，一杯一杯復一杯。我醉欲眠卿且去[1]，明朝有意抱琴來。

注釋

1　“我醉”句：《宋書．陶潛傳》：“性嗜酒，貴賤造之者，有酒輒設。潛若先醉，便語客：‘我醉欲眠，卿可去。’其真率如此。”

春日醉起言志

處世若大夢，胡為勞其生。所以終日醉，頹然臥前楹[1]。覺來盼庭前，一鳥花間鳴。借問此何時？春風語流鶯。感之欲嘆息，對酒還自傾。浩歌待明月[2]，曲盡已忘情

注釋

1　頹然：意興闌珊狀。

2　浩歌：放聲唱歌。《楚辭》：“臨風怳兮浩歌。”

與史郎中欽聽黃鶴樓上吹笛

一為遷客去長沙[1]，西望長安不見家。黃鶴樓中吹玉笛，江城五月落梅花[2]。

注釋

1　**"一為"句**：李白用漢賈誼出為長沙王太傅事以自況。賈誼，漢洛陽人，誦詩書，能作文。文帝召為博士，越級提升到太中大夫，將任以公卿。遭馮敬、灌嬰等人的嫉忌和譖毀，出為長沙王太傅。遷客，古稱貶官為左遷。

2　**梅花**：《樂府詩集》："《梅花落》，本笛中曲也。"

獨坐敬亭山[1]

眾鳥高飛盡，孤雲獨去閑。相看兩不厭，只有敬亭山。

注釋

1　**敬亭山**：在安徽宣城縣北，古名昭亭山。《江南通志》云：敬亭山"東臨宛溪，南矙城闉，煙市風帆，極目如畫。"

訪戴天山道士不遇[1]

犬吠水聲中，桃花帶露濃。樹深時見鹿，溪午不聞鐘[2]。野竹分青靄[3]，飛泉挂碧峯。無人知所去，愁倚兩三松。

注釋

1 **戴天山**：在四川省江油縣境。《西溪叢話》引《綿州圖經》：“戴天山在縣北五十里，有大明寺，開元中，李白讀書於此寺。又名大康山，即杜甫所謂‘康山讀書處’也。”又名大匡山。

2 **“溪午”句**：時已中午而不聞鐘聲，暗示道士外出。

3 **青靄**：青色的雲氣。

重憶一首

欲向江東去，定將誰舉杯[1]？稽山無賀老[2]，卻棹酒船回[3]。

注釋

1　**將**：與。

2　**稽山**：會稽山，在浙江紹興縣。**賀老**：賀知章，字季真，越州永興人。開元間官禮部侍郎，兼集賢院學士，遷為太子賓客，授秘書監。天寶初還鄉為道士，卒年八十六。施宿《會稽志》："唐賀秘監宅，在今會稽縣（今浙江紹興縣）東北三里八十步，今天長觀是。" 李白另有《對酒憶賀監二首》，前序曰："太子賓客賀公，於長安紫極宮一見余，呼余為'謫仙人'，因解金龜，換酒為樂。"

3　**"卻棹"句**：承上句詩意是賀知章已死，船上只好載些酒回來。紹興用鑒湖水釀酒，味清醇，看來唐時已然。

擬古十二首（錄二）

其二

高樓入青天，下有白玉堂。明月看欲墮，當窗懸清光。遙夜一美人，羅衣霑秋霜。含情弄柔瑟[1]，彈作《陌上桑》[2]。絃聲何激烈，風卷繞飛梁。行人皆躑躅[3]，棲鳥去迴翔。但寫妾意苦，莫辭此曲傷。願逢同心者，飛作紫鴛鴦。

注釋

1　瑟：古樂器。《爾雅》："大瑟謂之灑。" 郭注："長八尺一寸，廣一尺八寸，二十七絃。" 郝懿行《義疏》："《風俗通》云：'今瑟長五尺五寸，非正器也。' 應劭所説，蓋小瑟，郭注所言乃大瑟也。邢疏引《世本》曰：庖犧氏作五十絃，黃帝使素女鼓瑟，哀不自勝，乃破為二十五絃，其二均聲。"

2　**《陌上桑》**：古《相和歌》曲，一名《豔歌羅敷行》。《樂府解題》："古辭言羅敷采桑，為使君所邀，盛誇其夫為侍中郎以拒之。" 又有《采桑》、《豔歌行》、《羅敷行》、《日出東南隅行》，都出於此。

5 躑躅（音擲俗），住足不前。

其九

生者為過客，死者為歸人[1]。天地一逆旅[2]，同悲萬古塵。月兔空擣藥，扶桑已成薪[3]。白骨寂無言，青松豈知春。前後更嘆息，浮榮何足珍。

注釋

1 **"生者"二句**：《列子．天瑞》："古者謂死人為歸人。"死者是歸人，生者就是行人，是過客。

2 **逆旅**：《左傳．僖公二年》："保於逆旅。"杜預注："逆旅，客舍也。"孔穎達《正義》："逆，迎也；旅，客也。迎止賓客之處。"李白《春夜宴桃李園序》："天地者，萬物之逆旅；光陰者，百代之過客。"與詩意同。

3 **扶桑**：《楚辭章句》："東方有扶桑之木，其高萬仞，日下浴於湯谷，上拂其扶桑，爰始而登，照耀四方。

寓言三首（錄一）

其二

遙裔雙綵鳳[1]，婉孌三青禽[2]。往還瑤臺裏，鳴舞玉山岑[3]。以歡秦娥意[4]，復得王母心。區區精衛鳥[5]，銜木空哀吟。

注釋

1 遙裔：與搖曳音同義通，飄動消搖貌。

2 婉孌：少好貌。三青禽：即三青鳥。《山海經．西山經》："三危之山，三青鳥居之。"郭注："三青鳥，應為西王母取食者。別自棲息於此山也。"

3 瑤臺、玉山：都是傳説中西王母所居。《太平御覽》引《登真隱訣》："崑崙瑤臺是西王母之宮，所謂西上瑤臺，上真秘文盡在其中矣。"又《山海經．西山經》："玉山是西王母所居也。"郭注："此山多玉石，因以名云。《穆天子傳》謂之羣玉之山。"

4 秦娥：秦穆公女弄玉，參見《宮中行樂詞八首》其三注 4（頁 128）。

5　**精衛**：《山海經．北山經》："發鳩之山，有鳥焉，其狀如烏，文首，白喙，赤足，名曰精衛。其鳴自詨（叫呼）。是炎帝之少女，名曰女娃，遊於東海，溺而不反，化為精衛。常銜西山之木石，以湮於東海。

這首詩意在譏刺當時出入宮庭，取媚於后、妃、公主以求爵位的小人。綵鳳、青禽，以比佞幸；瑤臺、玉山，以比宮掖；秦娥以比公主；王母以比后、妃；精衛正是李白自己。

感遇四首（錄一）

其二

可嘆東籬菊，莖疏葉且微。雖言異蘭蕙，亦自有芳菲。未泛盈樽酒，徒沾清露輝[1]。當榮君不採，飄落欲何依[2]。

注釋

1 “雖言”四句：感嘆菊花雖與蘭蕙異質，但仍芳香可愛，只是無人携酒來賞，辜負了清露的滋潤。

2 “當榮”二句：榮，草本植物開花謂之榮。陶潛《桃花源詩》：“草榮識節和。”詩意與“有花堪折直須折，莫待無花空折枝”同。

聽蜀僧濬彈琴

蜀僧抱綠綺[1]，西下峨眉峯。為我一揮手，如聽萬壑松[2]。客心洗流水[3]，遺響入霜鐘[4]。不覺碧山暮，秋雲暗幾重。

注釋

1 **綠綺**：漢司馬相如琴名。

2 **"為我"二句**：揮手，彈琴。詩意是蜀僧彈出的琴聲有如萬壑松濤。

3 **客心句**：客，李白自稱。流水，《呂氏春秋．本味》："伯牙鼓琴，鍾子期聽之……志在流水。鍾子期又曰：'善哉乎鼓琴，湯湯乎若流水。'鍾子期死，伯牙破琴絕弦，終身不復鼓琴，以為世無足復為鼓琴者。"詩意雙關：一面說琴聲像流水一樣洗滌心境，一面自許為蜀僧的知音。

4 **"遺響"句**：琴聲引起寺鐘的共鳴。《山海經．中山經》："豐山有九鐘焉，是知霜鳴。"郭注："霜降則鐘鳴，故言知也。"

魯東門觀刈蒲[1]

魯國寒事早，初霜刈渚蒲。揮鎌若轉月，拂水生連珠。此草最可珍，何必貴龍鬚[2]。織作玉牀席，欣承清夜娛。羅衣能再拂，不畏素塵蕪[3]。

注釋

1 **魯**：唐魯郡，郡治在今山東曲阜縣。**刈**：割。**蒲**：香蒲，俗稱蒲草，香蒲科多年生草本，葉片廣線形，可編席。

2 **龍鬚**：龍鬚草。參見《白頭吟》注 8（頁 095）。

3 **“羅衣”二句**：詩意是羅衣雖一再拖過席面，也不會沾染灰塵。

南軒松

南軒有孤松，柯葉自綿冪[1]。清風無閑時，蕭灑終日夕[2]。陰生古苔綠，色染秋煙碧。何當凌雲霄[3]，直上數千尺。

注釋

1 **綿冪**：亦作綿密，枝葉密相覆蓋貌。

2 **"蕭灑" 二句**：蕭灑，豁脱無拘貌。《南史．隱逸傳》："俄而漁父至，神韻蕭灑。" 詩意是孤松日夜為清風吹拂而傲然挺立着。

3 **何當**：猶言安得。杜甫《秋雨嘆》："去馬來牛不復辨，濁涇清渭何當分。"

勞勞亭[1]

天下傷心處，勞勞送客亭。春風知別苦，不遣柳條青。

注釋

1　勞勞亭：故址在今江蘇南京市西南。古代為送別的地方。

這首詩寥寥二十字，卻寫出無限離情別緒，與王之渙《送別》："楊柳東風樹，青青夾御河。近來攀折苦，應為別離多。" 同為絕唱。

嘲魯儒

魯叟談《五經》，白髮死章句。問以經濟策，茫如墜煙霧[1]。足著遠遊履，首戴方山巾。緩步從直道，未行先起塵[2]。秦家丞相府，不重褒衣人[3]。君非叔孫通，與我本殊倫[4]。時事且未達，歸耕汶水濱[5]。

注釋

1 **"魯叟"四句**：《五經》，漢時以《詩》、《書》、《易》、《禮》、《春秋》為五經，立於學官，開始有"五經"之名。詩意是嘲笑迂腐的魯儒，不務實際，整天搬弄五經章句，死鑽牛角尖，對經國濟世的方略，卻懵然無知，如在五里霧中。

2 **"足著"四句**：遠遊履，古時履名。《文選・洛神賦》李善注引繁欽《定情詩》佚句："何以消滞憂，足下雙遠遊。"方山巾，古代冠名。形狀上下方正。詩意描寫魯儒服裝仿古，行動迂緩笨拙可笑。

3 **"秦家"二句**：秦丞相李斯勸説始皇收去《詩》、《書》、百家之語，以愚百姓。褒衣，顏師古注《漢書・雋不疑傳》："褒，大裾也。"即寬大的長袍，和所謂"峨冠博帶"，都是儒生的服裝。

4 “君非”二句：君，指魯儒。叔孫通，秦漢時人，曾為秦博士。漢興，給高祖定朝儀。殊，不同。詩意是你既非叔孫通這樣的通儒，和我本非同路人。這裏李白以能夠順應時變的通儒叔孫通自許。

5 “時事”二句：達，通。詩意是説魯儒不通世務，不如回到汶水之濱去種田為好。

軍行

騮馬新跨白玉鞍[1]，戰罷沙場月色寒[2]。城頭鐵鼓聲猶震，匣裏金刀血未乾。

注釋

1 **騮馬**：即驊騮，傳為周穆王八駿之一。詩中用作良馬的代詞。

2 **沙場**：唐人稱沙漠之地為沙場。因為西北邊疆多沙漠，那裏常有戰爭，沙場就成為戰場的代詞了。

《滄浪詩話》："太白《塞上曲》'騮馬新跨紫玉鞍'者，乃王昌齡之詩，亦誤入。昌齡本有二篇，前篇乃'秦時明月漢時關'也。"近人郭紹虞云："王昌齡《出塞》二首，其一云：'秦時明月漢時關，萬里長征人未還。但使龍城飛將在，不教胡馬度陰山'；其二云：'騮馬新跨白玉鞍，戰罷沙場月色寒。城頭鐵鼓聲猶震，匣裏金刀血未乾。'案此從《全唐詩》錄出，與郭茂倩《樂府詩集》二十一卷所載不同。《樂府詩集》'騮馬新跨紫玉鞍'一首作：'白花垣上望京師，黃河水流無盡時。窮秋曠野行人絕，馬首東來知是誰？'據是，則是否太白詩誤入《王集》，亦成問題。又此首在《太白集》中作《軍行》，一作《從軍行》，不作《塞上曲》。"

從軍行

百戰沙場碎鐵衣，城南已合數重圍。突營射殺呼延將[1]，獨領殘兵千騎歸。

注釋

1　**突營**：突圍。**呼延**：匈奴四姓：呼延氏、卜氏、蘭氏、喬氏，以呼延氏最貴。見《晉書・匈奴傳》。

春夜洛城聞笛[1]

誰家玉笛暗飛聲，散入春風滿洛城。此夜曲中聞《折柳》[2]，何人不起故園情。

注釋

1　**洛城**：唐東都，今河南洛陽市。

2　**《折柳》**：曲名。《古今注》："李延年因胡曲更造新聲二十八解。魏晉以來二十八解不復具存，世用者《黃鶴》、《隴頭》、《出關》、《入關》、《出塞》、《入塞》、《折楊柳》、《黃覃子》、《赤之陽》、《望行人》十曲。"古人離別有折柳相贈的風俗，柳、留諧音，意為存念。所以許多詩裏都把離別和楊柳連在一起，參見《勞勞亭》（頁 308）。

宣城見杜鵑花

蜀國曾聞子規鳥[1]，宣城還見杜鵑花[2]。一叫一回腸一斷，三春三月憶三巴[3]。

注釋

1　**子規鳥**：杜鵑鳥的別名，傳為巴之先王杜宇所化生。李商隱《錦瑟》："望帝春心託杜鵑。"參見《蜀道難》注 12（頁 048）。

2　**杜鵑花**：品種甚多，原種別名映山紅，落葉或半常綠灌木，高可達三米。葉橢圓狀卵形，花玫瑰紅色，有斑點，二至六朵簇生，杜鵑鳥啼時開，滿山紅色，傳為杜宇啼血所化。

3　**三巴**：巴郡、巴東、巴西三郡的合稱，參見《長干行二首》一注 11（頁 101）。

李白兒時居於今四川江油縣，唐時屬綿州巴西郡。在宣城看到杜鵑花開，想着蜀地正是杜鵑鳥鳴時，不覺有故國之思。